新世界
NEW WORLD

全国高职高专院校规划教材·商务英语专业

商务英语阅读（上册）

（第二版）

辅导用书

Business English Reading（I）

（Second Edition）

Reference Book

主编　国晓立　周树玲

对外经济贸易大学出版社

中国·北京

图书在版编目（CIP）数据

商务英语阅读（上册）（第二版）辅导用书／国晓
立，周树玲主编. —北京：对外经济贸易大学出版社，
2011

新世界全国高职高专院校规划教材·商务英语专业
ISBN 978-7-5663-0026-3

Ⅰ.①商… Ⅱ.①国…②周… Ⅲ.①商务 – 英语 –
阅读教学 – 高等职业教育 – 教学参考资料 Ⅳ.①H319.4

中国版本图书馆 CIP 数据核字（2011）第 093761 号

商务英语阅读（上册）
（第二版）辅导用书
Business English Reading（Ⅰ）
（Second Edition）Reference Book

国晓立　周树玲　主编
责任编辑：刘　丹

对 外 经 济 贸 易 大 学 出 版 社
北京市朝阳区惠新东街 10 号　　邮政编码：100029
邮购电话：010 – 64492338　　发行部电话：010 – 64492342
网址：http://www.uibep.com　　E-mail：uibep@126.com

山东省沂南县汇丰印刷有限公司印装　　新华书店北京发行所发行
成品尺寸：185mm×260mm　　6.75 印张　　156 千字
2011 年 6 月北京第 2 版　　2011 年 6 月第 1 次印刷

ISBN 978-7-5663-0026-3
印数：0 001 – 3 000 册　　定价：11.00 元

"新世界全国高职高专院校规划教材·商务英语专业"编委会

出 版 说 明

"新世界商务英语系列教材"是对外经济贸易大学出版社联合对外经济贸易大学、东北财经大学、上海财经大学、上海对外贸易学院、天津对外经济贸易职业学院、山东外贸职业学院、安徽国际商务职业学院、安徽商贸职业技术学院、大连职业技术学院和广东科学技术职业学院等院校推出的一套面向不同层次的、涵盖不同模块的商务英语系列立体化教材。本套教材面向三个层次：研究生、本科生和高职高专学业。

研究生和本科层次的商务英语教材适用于全国各高等院校英语专业的商务英语方向或国际贸易、国际经济、国际工商管理等商科专业的学生。

高职高专层次的商务英语教材适用于全国高职高专院校英语专业的商务/应用/外贸英语方向以及国际贸易或财经类专业的学生。

根据国家教育指导思想，目前我国高职高专教育的培养目标是以能力培养和技术应用为本位，其基础理论教学以应用为目的、够用为尺度、就业为导向；教材强调应用性和适用性，符合高职高专教育的特点，既能满足学科教育又能满足职业资格教育的"双证书"（毕业证和技术等级证）教学的需要。本套教材编写始终贯彻商务英语教学的基本思路：将英语听说读写译技能与商务知识有机融合，使学生在提高英语语言技能的同时了解有关商务知识，造就学生"两条腿走路"的本领，培养以商务知识为底蕴、语言技能为依托的新时代复合型、实用型人才。

本套教材——"新世界全国高职高专院校规划教材·商务英语专业"——包括《商务英语综合教程（上册）》、《商务英语综合教程（下册）》、《商务英语阅读（上册）》、《商务英语阅读（下册）》、《商务英语听说》、《商务英语口语》、《商务英语写作》、《商务英语翻译》、《外贸英语函电》、《商务谈判》、《国际商务制单》等共 11 册教材。作者主要来自天津对外经济贸易职业学院、山东外贸职业学院、安徽国际商务职业学院、安徽商贸职业技术学院、大连职业技术学院和广东科学技术职业学院等。他们都是本专业的"双师型"名师，不仅具有丰富的商务英语教学经验，而且具有本专业中级以上职称、企业第一线工作经历，主持或参与过多项应用技术研究，这是本套教材编写质量的重要保证。

此外，本套教材配有辅导用书或课件等立体化教学资源，供教师教学参考（见书末赠送课件说明）。

对外经济贸易大学出版社

2011 年 6 月

前　言

　　本书是《商务英语阅读》(第二版)的配套辅导用书,目的是方便读者更好地使用《商务英语阅读》(第二版)上下两册。

　　《商务英语阅读》在 2007 年 8 月出版,在 2011 进行了首次修订。因该书内容丰富,涉及贸易、金融、物流、管理等诸多领域,而且文章新颖,吸引了众多读者。《商务英语阅读》书中提供了详细的注释,但是由于涉及诸多领域,涵盖较多的专业词汇,读者阅读使用时有一定的难度。应广大读者的要求,特编写《商务英语阅读(第二版)辅导用书》。

　　本书特点是提供了原书全部阅读文章的译文,这在同类阅读用书中尚属首例,方便读者更好地理解文章,巩固所学内容,真正地提高语言实际应用能力。另外,在译文之后附带了所有练习答案,方便读者自学和自我检测。本辅导用书编写任务具体如下:

宦　宁:上册 1-3 单元　　丁峰:上册 5-8 单元　　　郭纪玲:上册 9-13

秦　君:上册 13-16 单元　封海燕:下册 1-4 单元　　李海峰:下册 5-8 单元

李月美:下册 11-14 单元　国晓立:上册第 4 单元,下册第 9 单元

陈素萍:下册 10,15,16 单元。

　　由于编者水平有限,本书有很多疏漏和不当之处,敬请专家和读者批评指正。

编　者

2011 年 3 月

目　　录

第一单元

国际贸易

国际贸易，又称世界贸易、对外贸易或海外贸易，是一种平等的、有意识的、跨国界的商品和服务的交换行为。它涉及进口业务和出口业务，包括有形商品和无形商品的交易。

国际贸易已在不同国家和地区间进行了数千年之久。几个世纪以来，尽管由于战争和自然灾害的原因而周期性中断过，国际贸易仍逐渐扩大，其扩张速度通常要快于世界商品产量的增长。国际贸易的存在和发展动力和任何商业交易一样，即价值创造。国际贸易同时为生产者和消费者创造价值。国际贸易增加了人们对可出口产品的需求，从而提升了价格和产量。它扩大了可进口产品的供应，从而降低了价格，可供消费者选择的产品数量、种类不断增加。国际贸易提升了世界范围内资源分配的效率，通过规模经济降低了生产成本，削减了投入的资源成本。

国际贸易也可能使企业和国家更容易受到国际经济大环境的影响：出口市场的价格和需求的变化，进口产品的供应及价格的变化，以及汇率的变动。对国际经济环境的日益开放可以提高一个企业的利润和一个国家的国民生产总值增长率，然而，同时增加了企业运营的风险，影响一个国家经济的稳定。由于国内企业被迫与较低廉或更高质量的进口产品竞争，国际贸易也可能导致国内企业的瓦解和结构的调整，而另一方面，国际贸易可以推动企业借助出口实现其经济的多元化。

从事国际商贸活动时，民营企业和政府必须决定如何开展他们的业务，如运作模式的使用。对一个公司而言，有许多模式可供选择。

商品的出口和进口。公司可以出口或进口任何商品或服务。相比于其他国际模式，越来越多的企业愿意参与出口和进口，尤其是较小的公司，虽然他们从事出口的可能性比不上大公司。商品出口是指有形的产品（商品）输出一个国家；商品进口则是产品的输入。由于可以看到这些货物离开和进入一个国家，因而它们有时被称为有形进出口。出口和进口的术语通常适用于商品，而不适用于服务。

服务出口和进口。服务出口和进口是指非产品的国际收入。收到付款的公司或个人从事的是服务出口，而支付的公司或个人从事的则是服务进口。服务的出口和进口呈现多种形式。实现上述收入的途径包括旅游业和运输，服务的履行以及资产的使用。

投资。外国投资是指以国外财产的所有权换取金钱回报，如利息和股息。外国投资有两种形式：直接投资和间接投资。

直接投资是指投资者在一家外国公司中获得控制股权，这样的直接投资也称为外国直接投资（FDI）。控制股权不一定是百分之百，甚至百分之五十。两个或两个以上的公司共同拥有外国直接投资的所有权，如此经营就是一个合资企业。如果一国政府加入外国直接投资，这样的经营被称为混合企业，这也是合资企业的一种。

公司可以选择外国直接投资作为一种模式以获取某些资源或者占领某地区市场。目前，全世界大约有 60 000 家公司涉及外国直接投资，企业运作的方式不一而足，其中包括从地下提取原材料，种植作物，生产产品或部件，销售产品以及提供各种服务等等。

间接投资是指在公司中仅有不具控制力的股权或向另一方发放贷款。间接投资通常呈现两种形式中的一种：购买某公司的股票，或者投资者以购买某公司或国家债券、公债或票据的形式进行贷款。公司利用间接投资主要是为了短期的财务收益，也就是说，作为公司一种相对安全的以钱生钱的手段。

国际贸易与外国直接投资、国际技术转让和国际金融有着密不可分的联系。国际贸易往往衍生外国直接投资，而外国直接投资反过来经常改变贸易的流向和模式。国际贸易也影响到国际资金流动，同样，贸易反过来也受外汇供应和外汇汇率变动的影响。技术转让的实现往往要借助于资本商品的国际贸易，同样，技术转让促使了原材料、半成品和最终产品的贸易。

了解国际贸易及其动因和运作的方式，不仅对那些直接从事国际贸易工作的管理人员，同时对所有的企业经理而言均是不可或缺的。国际贸易，即进出口贸易，通常是从事制造业、自然资源、能源以及农业等方面的企业开展国际业务的首选形式。

快速阅读 1

美国就农产品进口向日本施压；美国向印度施压，要求进行世界贸易对话

美国已经向日本施压要求其从美国的公司进口更多的农产品。美国驻日本大使说，如果日本不开放市场，那么"我们将把我们的资源投向其他地方。"

希弗勒大使周三在东京举行商界领导人会议的一次讲话中对日提出这一警告。

他还敦促日本允许更多的外国投资。在世界最发达国家中，日本是相对于其经济规模来说外国直接投资最少的国家。

为了保护农民的利益，日本可以说是食品价格最高的国家之一。日本一半以上的粮食是靠进口的。但是，它却对许多产品，特别是大米、水果和牛肉施以高额关税及诸多限制。

希弗勒大使承认在扩大农产品市场的进口问题上两国有分歧。他指出，许多日本人仍然记得第二次世界大战后日本还不能生产大量的粮食。

但是他还指出日本农民的平均年龄是 70 岁，总有一天日本将别无选择的接受增加农产品的进口。

美国大使说农业贸易的争端会阻碍他们与日本之间更多的经济合作，而且国际农产品贸易也是导致去年世界贸易组织谈判悬而未决最主要的一个因素。

本周，美国商务部秘书卡洛斯·古铁雷斯在新德里也在敦促印度官员去努力重新开始那些谈判。美国是印度最大的贸易伙伴。但是印度的统治联盟却又必须依赖两个反对贸易自由化的共产党的支持。

同样，发展中国家希望美国、欧洲及像日本这样的国家在农业保护方面作更多的消减。他们觉得这些给与富裕国家农民的保护将会使他们处于不平等的地位。商务部秘书说美国愿意化解这个问题，但是作为回报，发展中国家必须在制造业和服务贸易中也做出同样的让步。

美国商务部周二公布，去年美国贸易出现赤字，已是连续第五年再创纪录。其中在商品和服务上的赤字超过 7 600 亿美元。虽然出口增长快于进口，但高油价增加了赤字。而且几乎三分之一的赤字是与中国的贸易失衡造成的。

快速阅读 2

美国国务卿克林顿在上海强调中美贸易关系

在美国和中国经济和政治高层会谈前夕，美国国务卿希拉里·克林顿在访问中国商业之都上海期间，强调了两国强大的经济和贸易关系的重要性。

克林顿国务卿在访问上海波音航空改装维修工程有限公司时，重点谈论了在这个星期的经济会谈中对美国至关重要的问题。

她表示，在任何经济体中，为了贸易能够顺利进行必须要有一个公平竞争的环境，使得国内外公司都能够自由地竞争。

克林顿说："举例来说，在制定规则和标准时确保透明度、不歧视，能公平地销售给私营企业和政府采购部门，严格执行知识产权法等都是极为重要的问题。这些也是推动创新，使消费者获益，并最终促进广泛而持续的增长的因素。"

希拉里·克林顿表示，这对两国都是"双赢"的局面。她说，美国公司希望在中国竞争，将美国工人制造的商品卖给中国消费者。

"美国公司同中国和全亚洲更广泛的经济接触，尤其是增加出口，能给美国的工人创造就业机会，有助于提高亚洲消费者的生活水平，并且有助于平衡全球经济，这对大家都有好处。"

周一和周二，来自美国政府几乎各个部门的接近 200 名官员将前往北京参加高端会谈，也就是中美战略经济对话。

　　他们将讨论一些紧迫的政治问题。他们还将讨论经济平衡发展和竞争的问题。

　　克林顿国务卿说，美中两国在经济方面已经取得了进展。美国仍然是中国出口产品最大的单一国家市场，而自2001年以来，美国商品向中国的出口量已经增加到三倍多。目前的趋势表明增长还会继续。

　　在一架喷着色彩斑斓的世博会标志的波音737飞机前，希拉里·克林顿表示，航空行业是美国主要的出口产业。航空行业每10亿美元的销量意味着为美国工人创造了11 000个工作岗位。

　　目前中国正在运营的商用喷气式飞机中超过半数来自波音，还有450多架飞机已签署订单。克林顿表示，如果中国按照计划在2028年之前将商业客机的数量增加到三倍，这个数字只是中国计划花费的4 000亿美元的一小部分。

　　希拉里表示，"如果波音公司能够抓住这些销售比较大的比例，这意味着美国工人将增加数十万个工作岗位。中国航空行业的发展将在国内外创造新的就业岗位。这就是胡主席所说的，波音在中国发挥的作用对两国来说是双赢的。"

　　在今后的几天中，这样的经济合作将成为北京会谈的中心议题。

 练习答案

I.

1. International trade is the fair and deliberate exchange of goods and services across national boundaries. It concerns trade operations of both import and export and includes the purchase and sale of both visible and invisible goods.

2. International trade can lead increased exposure for both firms and countries to the forces in the international economy: changes in prices and demand in export markets, changes in prices and supply of imported products, and changes in exchange rates.

3. International trade is inextricably linked with foreign direct investment, international technology transfer, and international finance.

4. Technology transfer is often accomplished through international trade in capital goods and, in turn, technology transfer leads to trade in raw materials and semi-finished and final products.

5. A portfolio investment is a non-controlling interest in company or ownership of a loan to another party. Companies use portfolio investments primarily for short-term financial gain, that is, as a means for a company to earn more money on its money with relative safety.

II. 1. i　2. e　3. g　4. j　5. d　6. b　7. c　8. f　9. h　10. a

III.

　　了解国际贸易及其动因和运作的方式，不仅对那些直接从事国际贸易工作的管理人员，同时对所有的企业经理而言均是不可或缺的。国际贸易，即进出口贸易，通常是从事制造业、自然资源、能源以及农业等方面的企业开展国际业务的首选形式。

IV.

1. International trade helps all nations to foster the economic growth.

2. For most countries, international trade or foreign trade is the most important part of their international activities.

3. Foreign direct investment increased steadily.

4. In the complex economic world, no country can be completely self-sufficient.

5. Since the end of World War II, international service trade has greatly developed.

V. Omitted

快速阅读 1

I. 1. T　2. F　3. T　4. F　5. F

II. 1. C　2. B　3. B　4. A　5. D

快速阅读 2

I.

1. On the eve of high-level economic and political talks between the United States and China, US Secretary of State Hillary Clinton visited Shanghai.

2. Hillary Clinton highlighted the importance of strong economic and trade ties to both countries.

3. She said that transparency in rule making and standard setting, non-discrimination, fair access to sales to private sector and government purchasers alike—and the strong enforcement of intellectual property rights—are all vitally important to promote sustainable economic growth.

4. Nearly 200 US officials from nearly every corner of American government will be in Beijing for high-level talks known as the Strategic and Economic Dialogue.

5. They will discuss pressing political issues. They will also discuss issues of economic balance and competition.

II. 1. F　2. T　3. F　4. F　5. F

第二单元

解决争端
——世界贸易组织的独特贡献

解决争端是多边贸易体制的核心支柱，也是世贸组织对稳定全球经济的独特贡献。如果没有解决争端的手段，规则不能强制执行，那么基于规则的体系将不是十分有效，。世贸组织的程序强化了法治，并使贸易体系更加安全，更具可预见性。该体系建立在明确的规则之上，并设定解决个案的时间表。第一次裁定由一个争端解决小组作出，且须得到世界贸易组织的全体成员的批准（或否决），还可以根据法律规定提起上诉。

然而，问题的关键不在于裁决的通过。首要的任务是通过磋商解决争端。截止 2005 年 7 月，近 332 个案中只有约 130 个完全进入争端解决小组程序。余下的绝大多数被通知"庭外"解决或停留在了长期的协商阶段——其中有些个案自 1995 年以来一直悬而未决。

世贸组织解决争端时所遵循的原则是公正、快速、有效、相互接受的。世贸组织中的争端基本上是由不能履行承诺引发的。世贸组织各成员一致认为，一旦他们确信其成员国违反了贸易规则，他们将诉诸于争端解决的多边体系，而非单方面采取行动。这意味着成员国须遵守商定的程序和尊重裁定。

一国采用了某项贸易政策措施，或采取了某种被另一个或多个世贸组织其他成员认定为违反世贸组织协议的行动时，或者没有履行职责时，争端就出现了。第三方国家可以宣布他们与该案有利害关系并享受某些权利。

旧的关贸总协定中也有争端解决程序，但时间表不固定，裁决易于受阻，因此许多案件久拖不决。乌拉圭回合协议提出了一项更加有条理的进程，程序中的各个阶段更加清晰。它就解决案件的时间长度提出了更加严格的约束，并针对各个阶段设定灵活的最后期限。该协议强调，世贸组织如要有效地运作，迅速解决争端至关重要。它规定了解决争端时应当遵循的相当详细的程序和时间表。如果某个案件有了第一次裁定，它通常不应超过一年——如果此案上诉，不应超过 15 个月。如果双方商定，期限可以灵活机动。假如某案件非常紧急（如涉及易腐货物），可以尽可能地加快进程。

乌拉圭回合协议还规定，禁止败诉的国家阻碍裁决的通过。根据以前的关贸总协定的程序，裁决只有在意见一致的情况下才能通过，这意味着单个否决就可以阻止裁决的通过。现在，裁决可以自动通过，除非一致否决该裁决——任何想阻止裁决通过的国家必须说服其他所有世贸组织成员（包括案件中的对手）同意其观点。

解决争端是由全体成员组成的争端解决机构（或称之为总理事会）的职责。争端解决机构是唯一有权建立审议个案的专家"小组"、同意或否决小组裁决或上诉结果的机构。它可监控裁决和建议的执行情况，并在某国不履行裁决时可授权实施报复行为。

解决争端的第一阶段是磋商（最多 60 天）。在采取任何其他行动前，争端各方必须互相沟通，看看他们是否能够凭借自身的力量来解决分歧。如果失败，他们也可以请求世贸组织总干事进行调解，或者努力以其他方式予以帮助。

第二阶段涉及专家小组。通常情况下，在 45 天内任命专家小组，专家小组在 6 个月内作出裁决。如果磋商失败，申诉方可以要求任命一个专家小组。应诉方有一次机会阻止成立专家小组，但争端解决机构第二次开会时，再也不能阻止专家小组的任命（除非出现一致反对任命专家小组的情况）。

专家小组就如同一个特别法庭。与普通法庭不同的是，小组成员的挑选通常需与争端双方进行磋商。只在争端双方不能达成共识的情况下，才由世贸组织总干事任命。

专家小组由三名（也可能五名）来自不同国家的的专家组成，该小组将审查证据，并裁决谁对谁错。小组报告将递交给争端解决机构，争端解决机构只能在意见一致的情况下予以否决。

小组成员可以从固定名单中挑选，此固定名单中列出了合格的候选人，或从其他地方挑选。他们履行各自的职责。他们不能接收来自任何政府的指令。

小组可以帮助争端解决机构作出裁决或者提出建议。然而，由于争端解决机构只有在意见一致的情况下才能否决专家小组的报告，所以小组作出的结论难以推翻。专家小组的裁决必须基于世贸组织协议的依据。

该小组的最终报告通常应在六个月内递交给争端各方。在紧急案件中，如涉及易腐货物的案件，最后期限可缩短至三个月。

第三阶段是上诉。任何一方可以就专家小组的裁决提出上诉，有时争端双方均提出上诉。上诉必须基于法律依据，例如法律解释等——提出的上诉不能重新审查现有的证据或审查新的问题。

每一宗上诉由上诉机构常任的七名成员中的三名成员来审理，该上诉机构由 WTO 争端解决机构设立，广泛地代表世贸组织的全体成员。上诉机构成员任期四年，他们必须在国际法和国际贸易领域中具有公认地位，不隶属于任何政府。上诉可以支持、修改或推翻专家小组作出的具有法律效力的裁定或结论。上诉一般不应超过 60 天，最多不超过 90 天。

争端解决机构必须在 30 天内同意或否决申诉报告——否决的前提是达成共识。在任何案件中，争端解决机构要监督通过的裁定被执行的过程，任何未决案件均在其议事日程上，直到问题解决为止。

快速阅读 1

整合式谈判

整合式谈判（也称为"利益为基础的谈判"或"双赢谈判"）是一种谈判策略，谈判各方合作以找到一种解决其争端的"双赢"方案。该策略注重达成保证争端双方利益的互利协定。此利益包括双方均关注的需求、愿望、关切和担忧，这些往往是人们卷入争端的根本原因所在。

谈判中涉及多个问题时人们才可能诉诸于整合式谈判，这是因为各方必须能够对问题做出权衡取舍，以便达成双方皆满意的结果。

基于利益进行谈判并创造共同价值的经典例子是两个小女孩因一个橙子发生争执的故事。两个女孩的立场都是希望得到整个橙子。她们的母亲充当这场争执的仲裁人，这位母亲根据她们的立场，将橙子一分为二，让每个女孩各得一半。这个结果就是一种妥协。然而，假如这位母亲能要求每个女孩给出她们想要得到橙子的理由——她们的利益所在——就有可能会是一个不同的双赢结果。这是因为其中一个女孩想吃的橙子的果肉，而另外一个则想得到果皮用于烘烤饼干。如果她们的母亲事先知道她们各自的利益，她俩就可以各取所需，而不是仅仅都得到半个橙子。

参与谈判的各方通常更偏爱整合式谈判方案，因为双方的真实需要与关注能在某种程度上得到满足。

正如"女孩分橙子的故事"所明确揭示的，整合式谈判的第一步是确定每一方的利益，这需要谈判各方做些工作，因为利益往往没有立场那么明确，而且经常不会公开披露。确定利益的一个重要方法是问"为什么"？你们为什么需要它？你们的关注点是什么？担忧还是希望？如果你不能直接问这些问题，找个中间人询问他们。

底线是你需要弄清人们为什么要按他们的方式做，他们为什么要得到他们想要的。你在询问这些问题时，务必表明你的询问是方便你能更好地了解他们的利益（需要，希望，担忧或诉求），不是想挑战他们或者想方设法击败他们。

接下来，你要扪心自问，对方如何看待你的要求。是什么阻碍了对方与你达成一致？他们是否知道你的根本利益所在？你是否知道自己的根本利益所在？如果你能找出双方的利益，你将更有可能找到一个对双方均有利的解决办法。

你还必须分析你所提出的协议可能产生的的结果，而此结果是对方也会看到的。这是一个必不可少的权衡利弊的过程，然而，你必须努力站在对方的角度上进行权衡。这种设身处地的分析可以帮助你了解对手的利益，你就可以更有把握达成一个双方均可以接受的协议。

利益一旦确定，双方就需要通力合作，努力找到能满足这些利益的最佳方法。经常透过"集思广益"的方式——列出每个人所能想到的办法，而不是一开始就批评或拒绝对方的想法，双方就能想出空前的、有创意的新思路，这些思路还能满足各种利益及需求。双方的目标是追求一个双赢的结果，双方都获得尽可能多的利益，最起码双方都认为此结果是赢而不是输。

快速阅读 2

关于 WTO 全球贸易的高层谈判将重新启动

来自 35 个国家的贸易部长们星期五决定在本月重新启动高层谈判，打破僵局，争取签署一份全球性贸易协议。美国贸易代表罗恩·柯克说，全球经济危机是促使新的贸易谈判重新开始的主要因素。

世界贸易组织成员国的首席谈判代表将于 9 月 14 日起聚首日内瓦，就导致去年全球贸易谈判失败的相关议题进行讨论。

来自 35 个主要国家的贸易部长们在印度出席为期两天的非正式会议，并于星期五达成共识，决定重新启动世贸组织高层谈判，也就是所谓的"多哈回合"谈判。

印度商业和工业部长阿南德·夏尔马称这个决定是一个"突破"，他说，各国一致认为有必要达成新的全球贸易协议。

"这次会议有突破性的进展。假如我能这么说的话，那就意味着先前妨碍恢复谈判的僵局已经被打破。"

印度主办这次会议就是希望重新启动停摆的多哈回合贸易谈判。

多哈谈判暂停的主因是一些发展中国家担心贸易自由化会给他们国内数百万贫穷农户的生计带来负面影响，由于发达国家粮食价格低廉，这些贫穷的农户生产的粮食可能无法和从发达国家进口的粮食竞争。有关完全取消部分工业产品关税的计划也是一项有争议性的议题。

印度商业和工业部长对谈判前景表示乐观，认为协议会在明年达成。

不过，参加新德里会议的美国贸易代表罗恩·柯克警告，"艰难的任务"仍有待完成，世界贸易组织成员国之间尚未取得共识。他说，具体讨论的"重点"和"内容"才是过程中的关键，而不是设定一个最后期限。

柯克呼吁像印度和中国这样的发展中大国，其经济增长快速，应该更加开放他们的市场，实行贸易自由化。

"我们大家都有责任，特别是那些有能力为世界经济作出巨大贡献的国家，包括先进的发展中国家印度、巴西、中国和南非，我认为他们更有责任为成功完成多哈回合谈判作出一些艰难的决定。"

美国贸易代表说，全球经济危机应该会促使各国达成一个新的贸易协议，这个协议将有助于带动世界走出衰退。

不过，数千名农民在会议期间走上新德里街头要求政府放弃多哈回合，这显示发展中国家在跟发达国家达成贸易协议的过程中可能不得不面对很多政治问题。

多哈回合谈判始于 2001 年，目的是通过贸易自由化和刺激全球商贸来帮助数以百万计的穷人摆脱贫困。

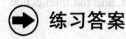 练习答案

I.

1. Dispute settlement is the central pillar of the multilateral trading system, and the WTO's unique contribution to the stability of the global economy. WTO's procedure enhances the rule of law, and it makes the trading system more secure and predictable. The system is based on clearly defined rules, with timetables for completing a case. First rulings are made by a panel and endorsed (or rejected) by the WTO's full membership. Appeals based on points of law are possible.

2. Principles that WTO follows in settling dispute are equitable, fast, effective, and mutually acceptable.

3. 1 year (without appeal), 1 year and 3 months (with appeal)

4. The first stage for settling disputes is consultation.

   The second stage involves the panel.

   The third stage is appeals.

   In any case, the Dispute Settlement Body monitors how adopted rulings are implemented. Any outstanding case remains on its agenda until the issue is resolved.

5. Officially, the panel is helping the Dispute Settlement Body make rulings or recommendations. But because the panel's report can only be rejected by consensus in the Dispute Settlement Body, its conclusions are difficult to overturn. The panel's findings have to be based on the agreements cited.

II.
1. g　2. e　3. j　4. h　5. d　6. b　7. c　8. f　9. i　10. a

III.
1. 解决争端是多边贸易体制的核心支柱，也是世贸组织对稳定全球经济的独特贡献。
2. 一国采用了某项贸易政策措施，或采取了某种被另一个或多个世贸组织其他成员认定为违反世贸组织协议的行动时，或者没有履行职责时，争端就出现了。
3. 如果双方商定，期限可以灵活机动。假如某案件非常紧急（如涉及易腐货物），可以尽可能地加快进程。
4. 解决争端是由全体成员组成的争端解决机构（或称之为总理事会）的职责。
5. 专家小组可以帮助争端解决机构作出裁决或者提出建议。

IV.
1. The WTO is a global organization dealing with international trade.
2. Business disputes occur frequently in international trade.
3. Along with the growth of international business and exchange, cases requiring international

arbitration to solve dispute arising from international trade, investment, and the intellectual property are increasing.

4. Disputes between countries should be settled peacefully.

5. The WTO provides a mechanism for solving trade disputes.

V. Omitted

快速阅读 1

I. 1. T　2. F　3. T　4. F　5. T

II. 1. B　2. D　3. C　4. D　5. D

快速阅读 2

I.

1. Trade ministers from over 35 countries have agreed to resume high-level negotiations later to break a deadlock that has jeopardized efforts to clinch a global trade pact.

2. The chief negotiators of World Trade Organization members will meet in Geneva starting September 14 to deal with issues that brought about the collapse of global trade talks last year.

3. India hosted the meeting.

4. The main issues holding up the trade pact are worries by developing countries that liberalized trade could adversely impact the livelihood of millions of poor farmers, who may not be able to compete with cheap food imports from developed countries.

5. The Doha talks began in 2001 with the aim of liberalizing trade, and lifting millions of people out of poverty by giving a boost to global commerce.

II. 1. F　2. T　3. F　4. T　5. T

第三单元

全球化及其对贸易的影响

　　全球化是不同国家的人民、企业和政府之间的互动和一体化的过程，它受国际贸易和投资的推动，并依赖于信息技术的发展。全球化过程会影响到全世界的环境、文化、政治制度、经济发展和繁荣以及人类身体健康等。

　　经济全球化是当前世界经济、科学和技术发展的产物。它给世界上所有国家带来了发展机遇、严峻的挑战和风险，同时也提出了如何建立一个公正、合理的国际经济新秩序这一课题。然而，经济全球化并不是新生事物。数千年来，人们，后来是公司已经在陆地上进行长距离的相互买卖，如中世纪跨越中亚地区连接中国和欧洲的著名的"丝绸之路"。同样，几个世纪以来，人们和公司已在其他国家投资兴业。事实上，当前全球化浪潮的许多特征类似于1914年第一次世界大战爆发前的世界经济。

　　在过去几十年里，全球化的趋势极大地促进了跨境贸易、投资和移民，许多观察家认为，就经济发展而言世界已经进入一个质变的新阶段。例如，自1950年以来，世界贸易额增长了二十倍，单在1997年至1999年间外国投资流动几乎翻了一番，从4 680亿美元猛增至8 270亿美元。谈到当前全球化的浪潮与以往的全球化的不同点时，作者托马斯·弗里德曼认为，当今的全球化"更远，更快，更便宜，而且更深入。"

　　然而，全球化也饱受争议。全球化的支持者认为，它使得贫穷国家及其人民发展了经济，提高了生活水平；全球化的反对者声称，建立一个不受约束的国际自由市场有利于西方世界的跨国公司，而其代价是牺牲当地企业、文化和普通百姓。因此从民众到政府都存在抵制全球化的势头，他们竭力控制当前全球化浪潮的诸要素，如资本、劳动力、商品的流动及观念的改变等。

　　向国内外实行开放的经济政策推动了当前全球化的浪潮。自第二次世界大战以来，特别是在过去二十年里，全球范围内资本市场的拓展达到了地理上的极限，传统的贸易模式也被打破。许多国家的政府采用了自由市场经济制度，从而极大地提高自身的生产潜力，并为国际贸易和投资创造了许多新的机会。同时，各国政府商定取消大量贸易壁垒，签订国际协定，以促进商品、服务贸易和投资。各公司也充分利用国外市场的新机会，与外国合作伙伴一起设立工厂，并对生产和销售进行约定。全球化的一个明确特征就是形成国际工业和金融业务体系。

早在 20 世纪，各贸易国走向国际合作这一趋势就已在关税及贸易总协定（GATT)的谈判中得到体现。第一次世界大战后，国际贸易陷于停顿，各国仿效美国，其他国家设置了高关税壁垒。和大多数国家的经济状况一样，国际贸易也停滞不前。因此，关贸总协定提供了一个各会员国就削减关税和其他贸易壁垒的磋商论坛，实践证明该论坛成功地实现了这些目标。随着乌拉圭回合协议的批准，关贸总协定为世界贸易组织（WTO）所取代，117 个成员国进入了一个自由贸易的新时代。

推动全世界各公司业务全球化的五大变量包括：政治、技术、市场、成本和竞争。

政治。目前的趋势是将形成一个统一的、社会化的国际社会。诸多优惠贸易协定，如北美自由贸易协定、东盟、欧盟等，将数个国家整合到一个单一的市场，为公司提供了销售其产品的重要机遇。许多公司已经迅速采取行动，通过出口或通过设立制造厂进入这些地区。

技术。计算机和通信技术的进步推动了观念和信息的跨国交流，消费者得以了解外国的商品。例如，欧洲和亚洲有线电视网使得广告客户几乎同时在许多国家家喻户晓，从而为其带来一个地区，有时甚至全球的需求。全球通讯网络还可以帮助制造商协调其全球范围内的生产和设计单位，从而使分布在世界各地的工厂可以生产同一个产品。因特网和网络计算的运行使得小公司能在全球范围内展开竞争，因为无论买方和卖方身处何地，他们都能够形成快速的信息流。通过因特网可以轻而易举地获取信息并进行网上交易，这对许多企业，特别是企业对企业电子商务，产生了深远的影响。以前企业用传真、电话或信函的方式完成他们的交易，现在他们可以使用更便宜和速度更快的互联网。

市场。公司一旦全球化，他们也随之成为全球性的消费者。多年来，广告代理商的大客户纷纷进入国外市场以避免竞争对手分享利润时，广告代理商也跟进这些国外市场，设立办事处。国内市场的饱和也促使这些公司登陆国外市场，尤其是销售商意识到在这些市场中，不断增长的旅游业、卫星电视和全球的品牌导致客户品味和生活方式趋于一致。

成本。规模经济降低单位成本始终是管理的目标。实现这些目标的手段之一是生产线的全球化，以此来降低开发、生产和库存的成本。公司也可以在生产要素成本较低的国家进行生产。

竞争。竞争日趋激烈。例如，来自新兴工业化和发展中国家的新公司进入了汽车和电子产品领域的世界市场。推动全球化的另一个竞争性因素是，公司通过进入竞争对手的国内市场牵制对手，保护自己的国内市场免遭对手的威胁。

全球化浪潮导致国际工商业爆炸性增长。本文描述的变化不断累加时，它们正创造出一个空前的、全球性的国际化社会。我们是身处其中的第一代，个中情形我们只能依稀看到。无论我们身在何处，它都正在改变我们现有的生活方式。至少在目前，全球秩序不是由人类的集体意愿所推动。相反，它是以一种无序的、随意的方式，并由经济、科技和文化等诉求所推动而逐渐形成的。

快速阅读 1

人口与全球化

人口数量的大小同社会经济发展是紧密相连的。人口的数量、质量、结构、流动和分布都会对经济发展的速率产生影响。一个人口密度和就业的人口比例都低的发达国家需要增加人口，以跟上经济的发展。而另一方面，在欠发达的国家，人口密度和就业的人口比例都高，再低的人口增长也将不利于经济发展。人既是生产者也是消费者，为了平衡生产和消费的比率，人口的数量必须保持在一定的水平上。

人口政策的制定必须遵循以下原则：1）它必须以社会的经济发展为基础；2）由于经济和人口密切相关，所以他们共同影响着社会的经济发展；3）人口的数量和这些人口的生活质量也要同时考虑。正确处理好人口与社会经济发展之间的关系能够使经济迅速的发展的同时提高人们的生活水平。

目前，全球为了增加利润而不惜一切代价发展经济，从而导致了人口过剩，环境退化和社会分配的不公。发展中国家的地方经济已经变成旨在获取利润，以出口为导向——这主要是由世界银行推行的"结构调整"项目而导致的，而该项目真正受益的是那些富有的投资者，这种地方经济发展模式导致了发展中家贫穷和不平等现象的增加。贫困家庭为了有更多收入来源，为了老有所养，生的孩子越来越多。

斯里兰卡就是一个很好的例子。自第二次世界大战结束后，斯里兰卡政府采取了免费和补贴粮食项目，提高教育水平，为妇女提供更多就业机会等措施来消除贫困。这些有限的社会福利政策产生了令人瞩目的成果。1960 年至 1985 年，斯里兰卡的人口出生率显著下降了百分之四十，与此同时婴儿死亡率也陡然下降。印度的喀拉拉邦是另一个例子。像斯里兰卡一样，1960 年至 1985 年印度的人口出生率下降了近百分之四十，在几十年前，政府制定了一系列的社会福利计划，大大提高了最贫困的社会阶层的人民生活水平。"公平价格"商店的设立保证了贫困人口的大米和其他生活必需品的价格，增加公共医疗的支出，在贫困地区建造诊所，土地改革等一系列举措都大大加强了贫困家庭的经济保障。越来越多的妇女因接受高等教育，从而采取有计划地生育，所有这些因素都促成了喀拉拉邦出生率的显著下降。

人口过剩并不是导致环境退化和社会分配不公的主要原因。因此解决人口过剩不在于采取强制的控制人口的措施，而在于全球经济体系的彻底变革。虽然大部分基础工作已经完成，但还需要做得更多。

快速阅读 2

东南亚领导人敦促加快亚洲经济整合

东南亚的商界和政府领导人敦促加快地区经济整合，以缓冲全球经济下行带来的冲击。他们是在东盟 10 国领导人在泰国召开年度高峰会议之际发出以上呼吁的。

由于东南亚出口急剧下跌，该地区工商界和政府领导人寻求推动亚洲内部贸易，以弥补西方需求的下降。

东盟 10 个成员国之间的贸易正在扩张，不过领导人说，还有进一步增长的余地，因为成员国之间的贸易仅仅占东盟总贸易额的四分之一，东盟官员说，在未来 6 年里应该增长 35%到 40%。

泰国总理阿披实星期五在曼谷召开的一个商业与投资会议上说，本周的东盟峰会将为 2015 年建立共同市场做出更大努力。

阿披实总理说，"我们已经看到东盟内部贸易与投资的巨幅增长。但是事实是，我们做得还不够，我们必须做更多更多的事情。"

东盟现拥有总计达 5 亿多人口的市场。近年来，东盟跟日本、中国和韩国签署了自由贸易协议，努力为其产品开拓一个有着 20 亿人口的市场。

东盟星期五将与澳大利亚和新西兰签署自由贸易协定，从而将东盟的贸易领域进一步扩大至澳大利亚和新西兰。预计，跟印度的自由贸易协定将在 4 月份签署。

泰国进出口银行行长、前商务部长纳隆猜说，全球经济危机将加速亚洲的经济整合，因为邻国之间相互求助进行投资与贸易。

纳隆猜说，"我们各国有巨额外汇储备，大约有 4 万亿美元，我们讨论如何使用这些储备来进行投资，来支持我们的项目，而现在的境况迫使我们使用这些储备。"

本周早些时候，东盟、中国、日本和韩国同意扩大一项地区基金，以帮助亚洲国家政府解决资金流动问题。

东盟工商咨询委员会主席阿兰·伊拉说，虽然处境艰难，但是该地区的一些领导人把目前的危机看成是带领全球走出衰退的一个机会。

他说，"我们不必再跟在其他发达经济体的后面瞎跑。我们将引导世界走出危机。我认为我们做得到，因为比起以往，我们有了更大的承受能力。"

东盟成立于 1967 年，旨在促进政治与经济合作。一年一度的峰会星期六在泰国首都以南 200 公里的度假胜地华欣镇举行。

➡ 练习答案

I.

1. Economic globalization is a product of the current world economic, scientific and technological development. It has brought all the countries in the world development

opportunities, severe challenges and risks, as well as a subject of how to establish a just and reasonable new international economic order.

2. This current wave of globalization has been driven by policies that have opened economies domestically and internationally. In the years since the World War II, and especially during the past two decades, the whole world reached its geographic limit with the extension of capitalist market, and traditional trade patterns were disrupted.

3. Globalization is deeply controversial, however. Proponents of globalization argue that it allows poor countries and their citizens to develop economically and raise their standards of living, while opponents of globalization claim that the creation of an unfettered international free market has benefited multinational corporations in the Western world at the expense of local enterprises, local cultures, and common people. Resistance to globalization has therefore taken shape both at a popular and at a governmental level as people and governments try to manage the flow of capital, labor, goods, and ideas that constitute the current wave of globalization.

4. Advances in computers and communications technology are permitting an increased flow of ideas and information across borders, enabling customer to learn about foreign goods. The ease of obtaining information and making transactions on the Internet has started to have a profound effect on many firms and especially on business-to-business commerce.

5. The North American Free Trade Agreement
Association of Southeast Asian Nations
The European Union

II. 1. g　2. d　3. a　4. f　5. i　6. j　7. e　8. c　9. b　10. h

III.

　　目前的趋势是将形成一个统一的、社会化的国际社会。诸多优惠贸易协定，如北美自由贸易协定、东盟、欧盟等，将数个国家整合到一个单一的市场，为公司提供了销售其产品的重要机遇。许多公司已经迅速采取行动，通过出口或通过设立制造厂进入这些地区。

IV.

1. In a certain sense, economic globalization itself is or means cultural globalization.

2. The process of globalization has changed our life greatly from every aspect.

3. Globalization is bridging the economies of distant countries.

4. With the ever increasing globalization in trade flow, funds flow and information flow, competition across countries and regions will intensify.

5. In the new era of knowledge-based economy and globalization, commerce and trade logistics (CTL) has become one of the hot topics.

V. Omitted

快速阅读 1

I. 1. T　2. T　3. F　4. F　5. T

II. 1. C　2. B　3. C　4. D　5. D

快速阅读 2

I.

1. Southeast Asian business and government leaders have urged faster regional economic integration to reduce the impact of the global economic downturn.

2. There are 10 country members including Singapore, Brunei Darussalam, Malaysia, Thailand, the Philippines, Indonesia, Myanmar (Burma), Laos, Cambodia, and Vietnam.

3. Trade among the 10 members of the Association of Southeast Asian Nations (ASEAN) has been expanding, but the leaders say there is still room for further growth. It accounts for only a quarter of ASEAN's total trade. ASEAN officials say this trade should increase by 35 to 40 percent in the next six years.

4. ASEAN would set up a common market by 2015.

5. Arin said "We shall no longer be running around following the other advanced economies," and "We will lead the world out of this crisis and I think we can do it because we are better cushioned than before."

II. 1. F　2. T　3. T　4. T　5. F

第四单元

人民币升值是否能解决中美贸易摩擦?

根据中国海关总署公布的数字，中国 2006 年前 7 个月对美的贸易顺差达 759.5 亿美元，比去年同期上升了 51.9%。前 7 个月出口额增长了 24.8%，达 5 089 亿美元，而进口额增长了 21.1%，高达 4 329.5 亿美元。

中国不断增长的贸易顺差引发了中国与其贸易伙伴的贸易摩擦，其中最为明显的是美国。美国称北京方面人为控制人民币，从而使自己在世界舞台上获得贸易优势，这对其他国家不公平。欧洲也有很高的呼声，认为人民币升值是解决欧盟与中国之间的贸易摩擦问题的唯一的办法，而早在 2004 年欧盟与中国之间的贸易逆差达到 200 亿美元。

2005 年美国对中国的贸易逆差是 2 020 亿美元，比 2004 年上升了 24%，创造了美国历史上对单独一国的贸易逆差的最高记录。美国贸易代表罗拨·波特曼在新闻发布会上称，"美中贸易关系缺乏平等、持久性和平衡"。他还说，"作为一个成熟的贸易伙伴，中国应当为它的行为负责，我们要求中国履行其义务"。

很多美国人将贸易不平衡归咎于人民币的价值。国际经济研究所的主任弗雷德·伯格斯坦多年来一直呼吁人民币升值。他们认为人民币升值能帮助美国减少对中国的贸易逆差。因为人民币升值，中国的出口商品价格上涨，美国从中国的进口就会减少，巨额的贸易逆差最终会消失。

此外，很多美国人还认为人民币升值能帮助美国缓解其国内通货膨胀的压力。2003 年 9 月美国失业率高达 6.1%，为历年最高。尽管美国经济出现复苏迹象，但是还需一段时间才能获得经济发展动力。制造业受失业率影响最大，因此恢复尤其缓慢。如果美国不能控制国内失业问题，会直接影响到即将举行的总统大选。美国国内各种政治势力各持己见，为应对选民，美国政府一直对中国施压。

对于中国来说，人民币升值对于那些准备出国旅游、学习、投资和大规模公司采购的人来说是个好消息。进口成本的下降会促进中国进口的增长。以 2004 年数据为例，中国进口的生产材料高达 3 393 亿美元，相当于汇率调整前的 3.252 2 万亿元人民币，按目前汇率合 3.187 2 万亿元人民币，节省了 650 亿元人民币。

人民币升值对于中国市场是把"双刃剑"。很多经济学家认为，人民币升值会伤害中国经济的发展，而不是促进其发展。人民币升值会使中国出口商品变得昂贵，继而会减少出口量。中国出口的生产材料主要是科技含量低的初级产品，导致了出口竞争力较低。人民币升值后，出口产品的价格在国际市场上攀升。因此，市场竞争力将进一步被减弱，给出口增长带来压力。一些以出口为主的中小型公司可能无法生存，不得不解雇员工。

很多美国主流经济学家曾经在不同的场合说过，美国政府给中国政府施压，迫使人民币急剧升值，不仅给中国造成危害，而且对本国也不利。他们一致认为，人民币升值无力改变美国财政赤字和贸易逆差。只有通过调整宏观经济政策，压缩赤字和提高存款率才能扭转美国"双赤字"的现状。同时，人民币急剧升值会使中国出现通货紧缩，重蹈日本在20世纪90年代走过的道路，这会对亚洲经济复苏和稳定发展带来负面作用，而不是带来优势。所以，没有理由让人民币升值，尤其是极大幅度的升值。

中国人大副主任成思危说，"我们应牢记在心，贸易合作对双方都有利。"他引用美国摩根士丹利银行的研究报告说，由于购买中国较为便宜的商品，美国的消费者在过去的十年里节约了6 000亿美元。

中国用其大量的外汇储备购买美国债券，部分外汇储备来自贸易顺差。到2005年底，中国持有3 000亿美金的政府长期债券。

如果中美贸易冲突升级，肯定对双方的政治关系造成负面影响。两国政府应该通过共同努力避免这种情形的出现。正如成思危所说，中美两国应该解决贸易摩擦，并通过磋商找到一个双赢的解决方法。

有些学者称，中国政府的第一个措施应该是鼓励国内的出口商走向市场多样化，在同一个市场上竞争只能损害他们自己的利益。

第二，中国应该以政府采购的形式从美国购买更多的产品，比如飞机、汽车等。这样一来中国贸易顺差会减少，而且可以减少美国对贸易不平衡的担忧。成思危呼吁美国减少对高科技产品出口的限制，以减少其对中国的贸易逆差。

第三，中国应采取更积极的措施，比如每年发布白皮书，展示中国已经取得的巨大成就，表明其实现了加入世贸组织时所作的承诺，达到了进一步开放中国市场的目的。如果美国大众能明白美国经济其实是受益于中国经济的发展，而非因中国经济发展而陷入困境，那么中美之间的贸易关系可能会更平稳地发展。

最后，中国政府应加快金融体制改革，做好准备，以双赢的态度来解决有关人民币汇率的问题。

总之，贸易失衡不应该只和人民币汇率挂钩，实际上是一系列复杂的因素造成了贸易失衡，仅靠指责中国的外汇制度是解决不了这一问题的。

快速阅读 1

人民币国际化——一个微妙的问题

近期，参加昆明金融高峰会议的代表一致认为，亚洲在贸易结算上应该减少对当前的主导货币的依赖。这一举动将推进本地投标的国际化。

IMF 驻中国代表处高级代表李一衡说，亚洲经济过去很大程度上依赖美国和欧洲，因此贸易结算中普遍使用美元和欧元。

"但是近几年亚洲区域贸易和投资快速发展"，李说，"亚洲面临几大挑战，即提高结算效率和资金流动性，同时避免汇率波动带来的风险"。

苏格兰皇家银行董事长蓝玉权认为，2009 年 7 月中国在人民币国际化方面向前迈出重要一步，当时中国政府宣布人民币跨境结算。蓝说，"跨境贸易中需要使用多种货币来有效避免外汇风险"。

谨慎的态度

巴基斯坦央行首席经济顾问 Mushtaq Khan 先生说他很欣赏中国在人民币国际化方面采取的谨慎态度。

"经合组织在关注全球经济失衡的时候，观察家们往往忽略了中国只是个发展中国家，目前还处在经济改革过程中"，Khan 先生说。中国在全球的出口总量中所占份额从 2000 年的 3.6%增长到 2010 年的 10.7%，这番话是针对经合组织提出人民币估价过低这一说法而说的。

"目前的问题是如何有条不紊地使人民币国际化，同时要保证不损害到制造业。我们需要确保中国不会制造扰乱稳定的资金流，从而使人民币管理变得复杂化"，Khan 说。

中国从 2005 年起开始货币改革。人民币对美元已升值 22%。

Khan 说，跨境结算中使用人民币会减少资金损失，尤其是在人民币升值的情况下。

试点项目

云南是中国一个比较大的跨境贸易地区，该省首先成为中国跨境贸易人民币结算试点。

摩根大通亚太区董事总经理龚方雄说，"中国在亚洲区域经济中扮演着重要角色"。

他说，在人民币国际化方面云南省比其他省份占优势。"和云南交界的几个国家比较了解和信任人民币，自然在国际结算中使用人民币"。

Khan 说，他会密切关注这个试点项目。

快速阅读 2

调查：中国廉价的出口商品减轻了世界通货膨胀

北京 4 月 19 日——据联合国亚太经济与社会委员会的一份调查表明，虽然中国经常因其贸易顺差受到指责，但是中国廉价的出口商品实际上有效地阻止了全球通货膨胀。

据上周三联合国亚太经济与社会委员会公布的这一调查报告，2001 年至 2005 年间，中国的出口帮助美国年度通货膨胀减少了 0.28%，帮助欧盟减少了 0.37%，帮助日本减少了 0.65%。

目前，全球 90% 的玩具出口、50% 的服装出口及 16% 的家用电器出口都来自中国。

此外，此期间中国在美国购买资产，帮助美国利率降低了 0.15%。

但是调查还指出，由于中国在能源领域的进口，提高了商品价格，反而加剧了全球的通货膨胀。比如，由于中国对石油的巨大需求，导致了 2001—2005 年之间世界油价上涨了 22.5%。

总的来说，2001—2005 年期间中国能源进口使美国通货膨胀率上升了 0.23%，使欧盟上升了 0.35%，使印度上升了 1.11%。

中国占全球水泥进口的 45%，占铝和铜进口总量的 20%。

中国位列全球第三大贸易国。自 1990 年来贸易额已经翻了 7 倍。

该调查还指出，亚太地区类似的生产方法给中国劳动密集型产品出口带来巨大的挑战。亚太地区国家仍有很多机会向中国出口知识密集型产品。

该调查说，"中高收入的地区经济有很多机会向中国出口产品，该机会最多的是日本、韩国、新加坡，其次使中等收入的东南亚国家，如泰国、马来西亚等"。

这份调查按照购买力，把中国列位世界第二大经济体，预计中国去年的经济增长在全球经济发展中起了三分之一的作用。

但是，调查还说，中国今年的 GDP 可能会下降 9.9%，因为中国出口和出口型投资是其经济增长的主要动力。

但是人民币的持续升值和电子产品需求的减少会降低出口量，同时紧缩的国内政策会减缓投资的步伐。

该调查警告说，中国经济增长过多地依赖出口和出口型投资，个人消费已下降至历史最低水平。

1990—1996 年之间，国内消费占 GDP 的 60%，在 2005 年占 52%，比世界平均水平低了 27%。

为了促进国内消费，联合国亚太经济与社会委员会指出中央政府应该鼓励个人减少存款，在教育、养老金和医疗方面进行更多投资，而且应该提高消费者借款。

然而，国务院发展研究所的专家王慧炯说，中国目前缺乏成熟的财政和货币体系来保证对消费者借贷进行管理。

他说，提高个人收入，尤其是农村地区人口的收入，与 GDP 发展相适应，这对于解决持续下滑的国内消费将是一个行之有效的方法。

 练习答案

I.

1. It has caused friction with many of China's trade partners and America is one of them.

2. They believe the appreciation of the yuan can help US reduce its trade deficit with China and ease domestic inflation pressure.

3. On the one hand, a stronger RMB is good news for those planning overseas travel, study, investment and large-scale company procurement. And it will also stimulate import growth in China. On the other hand, appreciation of the yuan will harm China's economy, by bringing pressure on export growth.

4. The appreciation of the yuan will make Chinese exports more expensive and therefore reduce export volume. Due to export pressure and low competitiveness, some export-driven small and medium companies may not be able to survive and have to lay off employees.

5. The Chinese Government should encourage domestic exporters to diversify their market, purchase more products made by the United States in the form of government procurement, take more active measures, such as issuing an annul white paper, and accelerate China's reform of the financial system.

6. On the American side, US consumers had saved US$600 billion in the past decade by buying cheaper goods made in China. China had also used a significant chunk of foreign exchange reserves, partly earnings from its trade surplus, to buy US bonds. For China, exports volume contributes a lot to the economic growth.

II. 1. b 2. f 3. j 4. c 5. i 6. d 7. e 8. a 9. g 10. h

III.

　　人民币升值对于中国市场是把"双刃剑"。很多经济学家认为，人民币升值会伤害中国经济发展，而不是促进其发展。人民币升值会使中国出口商品变得昂贵，继而会减少出口量。中国出口的生产材料主要是科技含量低的初级产品，导致了出口竞争力较低。人民币升值后，出口产品的价格在国际市场上攀升。因此，市场竞争力将进一步被减弱，给出口增长带来压力。一些以出口为主的中小型公司可能无法生存，不得不解雇员工。

IV.

1. As the comprehensive strength of the national economy grows, the Chinese currency, Renminbi (RMB), began to appreciate.

2. As the added value of the exported products is low, the appreciation of RMB will affect China's export.

3. Trade friction between the United States and China will increase in the coming years.

4. The processing of a primary product will add value to the product, thereby improving export returns and creating job opportunities.

5. It is of great importance to persist in small-magnitude appreciation and to improve the managed floating exchange rate system.

V. Omitted

快速阅读 1

I. 1. F 2. T 3. T 4. F 5. T

II. 1. A & B 2. C 3. A 4. B 5. D

快速阅读 2

I.

1. China's exports helped reduce the annual inflation rate in the United States by 0.28 percentage points, in the European Union by 0.37 percentage points, and in Japan by 0.65 percentage points.

2. It has pushed up world inflation by increasing commodity prices.

3. Exports and export-based investments are the major driving forces.

4. The central government should encourage people to reduce their precautionary savings by investing more in education, pensions and healthcare. It should also try to increase consumer borrowing.

5. According to him, bringing personal income in line with GDP growth, especially for people in rural areas, would provide the most effective solution to falling domestic consumption.

II. 1. F 2. T 3. F 4. F 5. F

第五单元

请别阻隔我

　　相对优势的概念为国家间自由、无限制的贸易提供了充足的理由。与此同时，经济学家认为自由贸易将是互惠互利的，然而许多贸易壁垒至今存在，即当局强加的法规和措施，不正当地阻止商品或服务贸易，出口或进口。贸易壁垒最严重的影响就是失去商机，但即使是微小的影响可能也会费时费力，从而引发额外的费用。例如，美国对每年来自其他国家进口车的数量设限，并对某些进口商品征税；日本向一些公司提供补贴，这样他们即可以更低的价格向其他国家销售自己的产品；15%的征税使来自墨西哥的珠宝比美国的价位更高。

　　自由贸易的益处众所周知，为何有些人却支持利用关税或配额来限制或阻止商品和服务在国际市场中的自由流通呢？我们可以先来关注世界贸易是如何形成的。众所周知，有些地区资源丰富，而其他地区资源储量稀少或毫无资源可言。这样，为满足人们对更为富裕生活的要求，商品和服务的交换逐渐扮演了日益重要的角色。世界上各国的资源，亦被称为商品，其分布位置决定了世界贸易的模式。通过充分的分工和贸易往来，世界上的资源可以得到最有效的利用，而这一状态只有在完全实现自由贸易时才可能达到。不幸的是，世界上每个国家都设有贸易壁垒，来保护自身的经济不受到国际市场的冲击，如保护本国产业或新生产业，维护就业机会，为政府盈利等。

　　这些壁垒可分为关税壁垒和非关税壁垒两种。

关税壁垒

　　关税指商品在进出国家边境时被征收的税，通常是对进口商品征税，旨在提高其在进口国家市场中的销售价格来削弱他们对抗国内生产商的竞争力。这是限制贸易往来最常见的方法。由于国家鼓励出口，出口商品很少被征收关税。关税会以下列四种形式出现：从价税、从量税、选择税或复合关税。最常使用的一种是从价税，是以商品价格的百分比计算，例如 10%，20%或 25%。根据不同国家，它们不是以到达目的港的商品价格为依据，就是以原产国港口的货物价格为依据。从量税是根据商品的重量、数量、长度、体积或其他单位来征税，例如，每磅或每码 25 美元。选择税，即规定对一种产品既可以征收从价税又可以征收从量税，最终按照税额更多的税种征收。复合关税，即对进口货物同时征收从量税和从价税，例如，征收商品价格的 10% 外加每千克 1 美元。

关税有其优势，可根据产品和费税的不同有选择地征收。因此一个国家可通过征收关税达成十分明确的目标，同时增加政府的财政收入。其不利之处是为了增加进口商品的成本费用，需由消费者承担。

非关税壁垒

与相对透明的关税的征收恰恰相反，非关税壁垒更复杂、更难以察觉，因此也更难以估算，因为他们可能会隐藏在规则和实践中，这些又具有完全合法的目的。另外，非关税壁垒比关税壁垒对贸易产生的限制效果更明显，它能增加某一特定产品的成本，并最终将其完全逐出市场。如技术性贸易壁垒、环境贸易壁垒等被称作绿色贸易壁垒的新型非关税壁垒已呈现出取代传统的贸易壁垒的趋势。

非关税壁垒包括了除关税壁垒之外的区别对待进口商品的所有形式，通常可分为两类：数量限制或非数量限制。

数量限制

数量壁垒的类型之一叫配额，是最常见的形式。进口配额是对在指定时期内进口到国内的商品的数量进行限制，例如，韩国一年内可能只能向美国出口 15 000 辆汽车。配额有两种基本类型：绝对配额和关税配额。绝对配额是在一个指定的时期内将进口商品的数量限制到一个指定的标准。有时这些配额针对全球设定，因此会影响所有的进口商品，而有时只针对指定的国家。绝对配额的实施一般遵循"先来先得"的原则。因此，配额期一经开放，许多配额很快就被排满了。这个时期的配额一旦排满，就不再发放进口许可证了。关税配额允许在指定的配额期内以降低的关税进口指定数量的商品。可以是单方的，也可以所谓自愿的方式双方或多方进行协商。

多年来，国家间皆有协议，不能对商品单方施加配额限制。因此，政府与其他国家协商自动出口限制。例如，为避免美国对日本的汽车施加进口配额限制，日本汽车制造商建立了自动出口限制计划，同意限制每年向美国出口的客车的数量。

有秩序销售协定属于自动出口限制，是出口和进口国政府间的官方协定，旨在限制国际竞争，为当地制造商维护部分国内市场。通常会规定每个国家对某种特定商品所施加的出口或进口配额的数量。

非数量限制

许多国际贸易专家声称，非数量限制类是最重要的非关税壁垒。各种不同形式可大致分为三个主要方面：(1) 政府直接参与贸易，(2) 海关和其他行政程序，(3) 多种标准。

补贴是政府直接参与最常见的形式，主要为保护农业和工业。政府采购政策也是贸易壁垒，因为他们会向国内制造商倾斜，却对政府机构购买的进口商品进行严格限定。这些政策还要求，当地产品在机构所购入产品中的比例需达到规定的最低额。

海关和其他行政程序涵盖了各种各样的政府政策和程序，或排斥进口或偏袒出口。与此同时，政府还找到有效的方法限制服务进口。外国公司可能会发觉，比起国内的服务提供商，那些注册要求、办理许可证的手续、资质条件和考察程序，在他们办理时都更为繁琐。

设立有关保护国民健康及安全的政府和私人标准当然是合理得，但多年来，出口公司一直遭遇很多复杂的、歧视性的标准，比如新得技术标准、贴标要求、繁琐的测试等。

与关税相比，非关税壁垒具有更多的优势：更灵活恰当、更有效地限制进口，而且也更隐蔽。随着世界经济和技术的发展，非关税壁垒会更多变，让人难以捉摸。

然而，众所周知，市场已趋向全球化。大量类似于自由贸易区、经济联盟等旨在消除贸易壁垒的团体业已形成。所付出的这些努力会促进国际贸易的繁荣发展，亦可相应提升总体的经济效益。

快速阅读 1

布什政府意欲降低与拉丁美洲间的贸易壁垒

华盛顿消息——本周二，商务部长卡洛斯·古铁雷斯说，布什政府消除美国出口贸易壁垒的努力正在起作用，该努力需要与六个拉丁美洲国家进一步签订新的贸易协议。

当概括布什总统第二届任期期间的贸易目标时，古铁雷斯说，政府计划促使国会通过中美洲自由贸易协议。此协议涵括了哥斯达黎加、萨尔瓦多、危地马拉、洪都拉斯、尼加拉瓜及多米尼加共和国等中美洲国家。

古铁雷斯告知华盛顿国际贸易协会，"中美洲自由贸易协议将打造美国在拉丁美洲的第二大出口市场，仅位居墨西哥之后，同时也将成为美国在世界范围内的第 13 大出口市场。"他说，这一市场的销售量将超过美国向俄罗斯、印度及印尼出口的总和。

古铁雷斯说，虽然在各种各样的贸易优惠项目中，5 个中美洲国家 80%的产品已免税进入美国，多数情况下，美国出口商却面临着高额的关税。

古铁雷斯说，"这一协议使双方的关系变得平等，为我们的公司进入这一市场创造了更多的机会。"他引用个人研究，该研究估计此协议能够使美国出口商品额每年增加 30 亿美元，出口农产品增加 15 亿美元。

他说，同智利之间的自由贸易协议在去年生效的前六个月中，已经使得美国对该国的出口增加了 32%。但是，去年美国仍存在 6 170 亿美元破纪录的贸易逆差，这一缺口加剧了国会的贸易保护主义情绪。

当被问到剧增的贸易差额时，古铁雷斯说这一问题是由于美国的主要贸易伙伴，例如欧洲和日本，其经济增长迟缓压制了美国的出口。

古铁雷斯说，在接下来的几个月中，政府将"着重"促进中美洲自由贸易协议的签署，该协议在去年早些时候就已经完成，但一直没有通过国会的投票。

民主党人不同意这一协议，他们声称该协议不能有效保护美国工人对抗来自低收入国家的竞争，这些国家劳动力保护法和环境保护法不健全。

同时，布什政府也面对代表纺织业主和糖作物种植主的民主党和共产党的反对，他们声称，该协议将严重损害他们的销售。

古铁雷斯说，布什政府同时计划抓紧进行世贸组织 148 个国家共同参加的多哈贸易谈判来促进全球谈判。在这些谈判中，发展中国家向美国及其他发达国家施压，要求降低农产品补贴，以使得不发达国家的农民能够更好的竞争。

快速阅读2

欧盟提议保护塑料瓶产业

布鲁塞尔消息——欧盟意欲对从伊朗、巴基斯坦和阿联酋进口的塑料施加新的贸易壁垒，因为这些国家非法援助那些为欧洲快速发展的软饮市场提供塑料的出口商。

据路透社周一所见之文件，欧盟的执行机构，欧盟委员会，意欲对从伊朗、巴基斯坦和阿联酋进口的瓶子和食品包装所用的塑料，每吨分别征收约140、44及42欧元的税。

去年，针对以上三国非法贸易补贴的指控进行了一次调查，此调查源于欧洲的塑料制造商宣称，非法的贸易操作正把他们挤出欧洲市场。调查后便有了此次的征税提议。

欧委会在结论中说道，"鉴于最终达成的结论，考虑对从伊朗、巴基斯坦和阿联酋进口的相关产品征收最终的反补贴税。"

下周，预计欧洲各国政府会广泛支持这个计划。外交家们评论说，团结起来反对来自外国的非法援助是欧盟的传统做法。

欧洲是塑料出口商的主要市场。据业界估计，全球每年售出的5千亿个塑料瓶中，欧洲人的购买量占五分之一，同时，他们也是世界食品包装业很重要的购买力量。

业界数据显示，正面临被征税的这种塑料——聚对苯二甲酸乙二酯或叫聚酯合成纤维，去年欧洲对其需求的总量约达300万吨，总价值约为30亿欧元，其中约100万吨来自进口。

在最终的结论中，欧委会放弃了对以上三国非法的市场倾销行为额外征税的计划。预计欧盟成员国也会支持这个决定。

欧洲已对来自一些国家，如中国、印度、印尼、韩国和马来西亚的塑料进口设置了贸易壁垒，而像西班牙La Seda集团这样的欧洲制造商已关闭了工厂，正在竞争中挣扎。

据欧委会文件中所述，征税遭到了可口可乐集团、达能和百事等多家公司的强烈反对。软饮制造商担心征税会导致塑料的短缺。

进口商和塑料瓶的制造商说，关税会榨取他们的利润，将他们自己的机会让给国外的竞争对手，却无法长期的解救当地的塑料制造业。

"这个产业现在萎靡不振，征收这些税只会使这种状态延续的更久，"塑料原料采购商GSI公司的首席执行官弗朗西斯科·赞奇如是说，此公司使用了进口至欧洲的聚酯合成纤维总量的40%。

"此案例中的国家会被征税，但欧盟各国政府的确应该开始考虑反对这些弊大于利的无意义的政策了。"

练习答案

I.

1. A tariff is a tax or duty levied on commodities when they cross national boundaries, normally an import duty, for the purpose of raising their selling price in the importing nation's market to reduce competition against domestic producers. It is the most common method of restricting trade.

2. Ad valorem, specific, alternative, or compound.
   - An ad valorem is figured as a percentage on the value of goods. It may be based, depending on the country, either on the value of the goods landed at the port of destination, or at the port in the country of origin.
   - A specific duty relates to local currency per unit of goods based on weight, number, length, volume, or other unit of measurement.
   - An alternative duty is where either an ad valorem duty or a specific one can be prescribed for a product, with the requirement that the more exertive one shall apply.
   - A compound duty is a combination of an ad valorem duty and a specific one.

3. Contrary to tariff duties which are relatively transparent, non-tariff barriers are often more complex and difficult to sniff and therefore assess than tariffs. Furthermore, NTBs can have more trade-restrictive effects than tariffs.

4. Quotas and voluntary export restraints (VERs).

5. All the distinct forms may generally be classified under three principal headings: (a) direct government participation in trade, (b) customs and other administrative procedures, and (c) various standards.

II. 1. c 2. f 3. a 4. e 5. h 6. g 7. b 8. j 9. d 10. i

III.

　　关税会以下列四种形式出现：从价税、从量税、选择税或复合关税。最常使用的一种是从价税，是以商品价格的百分比计算，例如 10%，20%或 25%。根据不同国家，它们不是以到达目的港的商品价格为依据，就是以原产国港口的货物价格为依据。从量税是根据商品的重量、数量、长度、体积或其他单位来征税——例如，每磅或每码 25 美元。选择税，即规定对一种产品既可以征收从价税又可以征收从量税，最终按照税额更多的税种征收。复合关税，即对进口货物同时征收从量税和从价税，例如，征收商品价格的10%外加每千克 1 美元。

IV.

1. The union has asked the government to impose trade barrier on foreign cars.

2. Trade barriers usually consist of tariff barriers and non-tariff barriers.

3. Tariffs have declined worldwide from an average of 40% in 1940 to 7% in 1990.

4. The WTO has continued to push for the elimination of trade barriers.

5. We should reduce trade barriers and enhance economic and trade cooperation to a new level.

V. Omitted

快速阅读 1

I. 1. T　2. F　3. T　4. F　5. T

II. 1. B　2. D　3. C　4. A　5. D

快速阅读 2

I.

1. Because they illegally give aid to exporters who supply plastic for Europe's rapidly growing soft-drinks market.

2. Allegations of illegal subsidies in the three countries, an investigation and then the proposal.

3. European plastics makers who say illegal trade practices are squeezing them out of Europe's market.

4. Because they fear duties will translate into plastic shortages.

5. They will squeeze their profits and open their own operations to competition from abroad, while failing to save local plastics production long term.

II. 1. T　2. F　3. F　4. F　5. F

第六单元

中国，在倾销吗？

搜索"倾销和中国"，你可能会淹没于无以计数的链接和网页中。入世以来，中国一直苦于来自境外日益增多的反倾销、反补贴、贸易保护措施及特别保障措施调查。此种案例的数量及所涉资金的金额一直在攀升。连续 11 年，中国在世界范围内的反倾销调查中损失最为惨重。纺织、鞋、电视机，多的不胜枚举，皆无一例外涉列其中。涉及销往欧盟市场鞋类的案例在去年此类案例中高居首位。最初，欧盟的执行机构欧盟委员会称，其调查发现中国存在普遍违反国际贸易规则的现象，导致鞋类产品以低于成本的价格向境外出口，故提议向进口的中国皮鞋制品征收 16.5%的税，作为最终反倾销措施。然而此后，其 25 个成员国中有 14 个都投了反对票，因为欧洲的进口商和零售商都认为这将对消费者造成潜在的伤害，并最终损害欧盟的经济。欧盟贸易委员会的一位发言人发表评论说："反倾销措施极其敏感，各成员国对此亦持不同观点。"

由此你可能会想到一连串的问题——何为倾销？如何确定？该考虑哪些因素？一旦被认定为倾销行为，反倾销程序将如何进行？反倾销诉讼的时间表如何安排？是否应被征收倾销税？反倾销政策对各国有何影响？我们可以在《1994 年关贸总协定》第六条和《反倾销协定》中找到这些问题的答案。

一般而言，倾销指一种国际价格歧视或差价销售，即某产品在进口国的销售价格（即出口价格）低于此产品在本出口国市场上的价格（即正常价值）。倾销会降低国内产业的销售量、市场份额及销售价格，从而对其造成损害。这反过来又可能会导致利润下降、失业，最糟的状况是，此产业最终消失。

倾销经常被误解并简单的理解为廉价或低价的进口。其实，此种低价只是相对而言（相对于正常价值而言），而非绝对低价。有许多方法可推算出某产品是否在倾销。最简单的是只比较两个市场中的价格。然而，如此简单的情形几乎不存在。多数情况下，必须进行一连串复杂的分析，以确定适当的正常价值和出口价格从而进行恰当的比较。正常价值通常指，在正常贸易过程中，此种产品在出口国市场中的销售价格。

《反倾销协定》中提供了三种计算产品正常价值的方法，主要根据产品在出口商国内市场的价格来判定。如果此法不适用，还有另外两种选择。一种是产品销往第三国的出口价格；另一种是产品的推定构成价格，是一种基于产品成本、包括销售与管理费用和合理利润推定构成的价格。出口价格则通常基于国外生产商销售给进口国商家产品的交易价格。如果不存在出口价格，还可用另一种方法来确定出口价格，即推定出口价格，主要依据进口产品首次转售给独立购买人的价格推定。最终将两者比较时，基本的要求是，所比较的价格应属于同一贸易水平的产品，通常是出厂水平，而且其销售时间几乎相同。同时还应考虑货币换算的因素。

如果在本国市场上的售价超过了在进口国市场上的售价，那么在这个售价上就存在着倾销差额。根据《1994 年关贸总协定》第六条和《反倾销协定》，如果根据协议调查后，确定了（1）倾销正在发生，（2）进口国生产相似产品的国内产业在遭受物质损害，（3）两者有因果关系，世贸组织成员就可以强制采取反倾销措施。典型的反倾销行动的手段就是对特定出口国的特定产品额外征收进口税，以便使产品价格接近"正常值"或消除对进口国国内产业的损害。通常的程序为发起、进行调查，然后强制执行临时措施，包括价格承诺和反倾销税的征收，并最终公示以提高透明度。在多数国家进行的反倾销调查通常会持续近 9 个月才能结束。对于国外的制造商而言，第 45 天至 55 天为关键时期，此间会发出调查问卷，要求在 30 天内答复，其中必须包括生产要素的详细资料。

反倾销措施旨在规范商品的倾销及其贸易干扰效应，并重建公平贸易，是世界贸易组织所允许的用来维护公平竞争的工具。事实上，更多为确保公平贸易，而非为了保护国内产业。它为国内产业减轻了因倾销而带来的损害。然而，一些保护主义者已经迫不及待地要利用反倾销政策，丝毫不顾类似竞争中的寒蝉效应、更高的价格、就业问题等对本国产生的有害影响。

近年来，国际贸易保护主义呈上升趋势，针对中国的反倾销案件急剧增加。中国已成为反倾销最大的受害者，在国际反倾销案件中遭受的损失最为严重。据保守估计，过去 20 年中针对中国的反倾销案件已造成了 100 亿美元的损失。我国对外贸易经济合作部（现在的商务部）已采取了一些措施，奖励那些积极应对案件的企业，处罚那些消极应对者。值得欣慰的是，已有多起成功回应反倾销诉讼的案例，如温州的 12 家打火机生产商和中国 14 英寸彩色显像管制造商，他们通过艰难的谈判，赢回了自己的"市场经济"地位或个别税率的待遇。

从长远观点来看，提高出口产品的技术含量和附加值，加强其出口竞争力，以高品质赢得高价格，方为应对反倾销指控的有效方法。企业亦应认真研究境外的相关法律，尽快培养一批懂得应对反倾销的专业人士。

快速阅读 1

中国打火机制造商赢得欧盟反倾销案

中国主要的打火机厂商赢得了由欧洲厂商发起的一场反倾销的诉讼，此乃中国加入WTO 后，中国企业应对欧洲企业发起的反倾销诉讼中的首次胜利。

来自中国东部浙江省的温州烟具行业协会会长周大虎，收到了来自欧盟的官方通知，告知针对中国产打火机的反倾销诉讼正式结案。

周大虎同时也是大虎打火机有限公司的董事长。据报道，欧洲打火机制造商联盟（EFLM）已决定不在继续进行倾销事项的诉讼，并于 7 月 14 日通知欧盟此事。

反倾销诉讼始于 2002 年 5 月 14 日，当时欧洲打火机制造商联合会（EFLM）宣称出口到欧洲的中国产打火机违反了反倾销法，此控诉引起了中方的强烈争议。

温州是打火机的主要生产中心，具有近 500 家打火机制造商，年出口量高达 6 亿只，大部分销往欧洲。据周大虎说，这些打火机占到了国际市场金属打火机的近 7 成份额。如果诉讼失利，将对温州的制造商带来沉重打击。去年，迫于欧洲打火机的制造商的请求，欧盟发起了针对中国可再充式打火机的倾销调查。

因此温州烟具行业协会带领中国的打火机制造商应对指控，并与欧盟的调查方合作，该调查方多次飞往温州进行实地考察。欧盟的调查此后定下结论为，温州产的打火机成本确实很低。

周表示中国打火机产商提供了足够的证据，以证明欧洲的厂商们并未受到严重的冲击。中国产打火机多为可充气式且能重复使用便携式的打火机，，而反倾销诉讼中欧洲产的打火机为塑料制品。这意味着产品材料完全不同，故中国产的打火机并不能损害到欧洲产品制造商们的利益。周同时表示，中国的打火机公司都是私人企业，也不像欧洲公司宣称的获得过政府的补贴。

去年 10 月，在欧盟进行实地考察后，欧盟宣布了五家温州主要的打火机产商通过了申请获得市场经济状态的请求，并授予其市场经济状态的名号。

周表示，他本人以及其他主要的中国打火机制造商从此案中获知了 WTO 的很多贸易规则。"要赢得反倾销案的诉讼，你必须按照国际贸易的规则做生意"，周如是说道。

中国商务部产业损害调查局局长王琴华周六表示，到 2002 年底，国外发起的针对中国制造商的反倾销案总数达 500 件，导致中国直接对外出口遭受上百亿的损失。

该官员表示，引用国际贸易保护主义的大棒作为诉讼的动机，针对中国的反倾销案已经占到了世界综述的 14%，高居第一。

快速阅读 2

中国敦促欧盟取消对自行车征收的反倾销税

布鲁塞尔消息——周四，中国自行车制造商敦促欧盟取消对其产品已征收长达 17 年之久的反倾销税。

周四，欧盟委员会举行了听证会，讨论是否再征收五年的反倾销税。与会前，中国自行车制造商的代表们在一份声明中指出，"再将这些针对中国进口商品而采取的反倾销措施延期，旨在保护欧盟的自行车业，但欧盟的自行车行业不应受到此种优待"。

自从 1993 年，欧洲自行车制造商协会指控中国自行车制造商向欧盟倾销，将他们挤出市场，欧盟即对从中国进口的自行车征收了反倾销税。

欧委会在征税期满时进行调查，找到确凿证据后，分别在 2000 年和 2005 年将征税续期了两次。这是欧盟对中国产品采取反倾销措施最久的案例之一。

欧盟的反倾销措施通常为期五年，除非经过复查认定，如果停止征税，倾销或损害就很可能继续或再次发生，否则征税将自动停止。

在过去的 17 年中，欧洲自行车制造商协会还采用各种方式，将反倾销措施应用的范围拓宽至自行车零件，并提高了税率。

最初的税率为 36%，2005 年增至 48.5%。有效减少了中国自行车的进口，从 20 世纪 90 年代初期的每年 300 多万辆降至如今的约 70 万辆。

考虑到今年这些措施即将终止，欧洲自行车制造商协会发起了另一起投诉案，要求欧盟继续征收反倾销税，为期五年。因此，在 7 月进行了一次期满调查。

中国代表团团长、中国机电产品进出口商会的高层主管张培生表示，"欧洲自行车制造商协会的指控没有事实根据，有误导作用"。

一位代表中国制造商的律师对欧盟自行车业提起的损害索赔提出质疑。他说，尽管身处经济危机和日益激烈的竞争之中，欧盟自行车产业却享有了更高的利润率和更大的市场份额。

有数字显示，尽管面对亚洲进口商品强有力的竞争，欧洲自行车产业仍十分坚挺，制造了欧盟消费市场所需的超过 60%的自行车。

张培生说，17 年的征税保护欧盟的制造商躲避了全球竞争，也削弱了他们的斗志，使他们愈加没有竞争力。"他们几乎没有采取任何有效的步骤进行产业重组、提高成本效率，这自然会让他们惧怕来自中国的竞争。"

缺乏竞争意味着，欧洲的消费者不得不支付更高的、不合理的价格，只为让这个无效率、无竞争力可言的产业勉强存活。他们选择更优质产品的权利被剥夺了。

据张培生所言，欧盟市场上所销售自行车的平均价格比美国高出三分之一左右。

他还说，反倾销措施与欧盟内部进行的"绿色交通"运动背道而驰。"欧盟的决策者必须要以事实真相为依据，起到正确的指导作用。"

 练习答案

I.

1. Three methods to calculate a product's "normal value". The main one is based on the price in the exporter's domestic market. Two alternatives are the price at which the product is sold to a third country, and the "constructed value" of the product, which is calculated on the basis of the cost of production, plus selling, general, and administrative expenses, and profits.

2. WTO members can impose anti-dumping measures, if, after investigation in accordance with the Agreement, a determination is made (a) that dumping is occurring, (b) that the domestic industry producing the like product in the importing country is suffering material

injury, and (c) that there is a causal link between the two.

3. Typically anti-dumping action means charging extra import duty on the particular product from the particular exporting country in order to bring its price closer to the "normal value" or to remove the injury to domestic industry in the importing country.

4. Anti-dumping can regulate the situation arising out of the dumping of goods and its trade distortive effect and re-establish fair trade, providing relief to the domestic industry against the injury caused by dumping.

5. One way is to enhance the technological contents of the export products and added value to strengthen their competitiveness for export so as to win high price by high quality. Enterprises should also make an earnest study of the related laws in alien lands and foster a group of anti-dumping professionals as soon as possible.

II. 1. c　2. e　3. a　4. g　5. b　6. h　7. i　8. d　9. j　10. f

III.

　　如果在本国市场上的售价超过了在进口国市场上的售价，那么在这个售价上就存在着倾销差额。根据《1994 年关贸总协定》第六条和《反倾销协定》，如果根据协议调查后，确定了（1）倾销正在发生，（2）进口国生产相似产品的国内产业在遭受物质损害，（3）两者有因果关系，世贸组织成员就可以强制采取反倾销措施。典型的反倾销行动的手段就是对特定出口国的特定产品额外征收进口税，以便使产品价格接近"正常值"或消除对进口国国内产业的损害。

IV.

1. The US has accused Japan of dumping mini-vans here in America.

2. Anti-dumping is one of legitimate methods permitted by WTO to resist unfair competition from abroad.

3. The government shall have the authority to adopt prompt and effective provisional measures where appropriate.

4. One of the protection measures is to levy anti-subsidy duties against imported goods.

5. In the past, many Chinese companies were reluctant to participate in foreign anti-dumping proceedings.

V. Omitted

快速阅读 1

I. 1. F　2. T　3. T　4. F　5. T

II. 1. B　2. C　3. A　4. D　5. A

快速阅读 2

I.

1. To decide whether they should keep the duties in place for another five years.

2. Because the European Bicycle Manufacturers Association (EMBA) accused the Chinese bicycle producers of dumping in the EU and squeezing them out of the market.

3. A review is initiated and determines that if they were to expire, dumping and injury would probably continue or recur.

4. It has reduced imports of Chinese bicycles from over three million annually in early 1990s to around 700 thousand now.

5. Because they hardly took any steps effectively in restructuring the industry and improving their cost efficiency.

II. 1. F　2. T　3. T　4. F　5. T

第七单元

耐克帝国的幕后老板

一个人曾靠卖鞋在商业上大获成功，靠出售梦想成为了一个亿万富翁。他被人们描述成是一个神秘的、古怪的、难以预料的、谜一样的、奇特的、害羞的、冷淡的、孤僻的、有竞争力的和天才的人。但估计世上没人知道哪个形容词能最恰当地体现他的特点。这个人就是菲利浦·汉普森·奈特，他富有创新精神，备受争议但却又非常成功，他是耐克帝国的幕后老板。

你肯定很想深入了解一下这个将一家名为"蓝带体育用品公司"的小公司发展为拥有数十亿美元资产和家喻户晓品牌的耐克公司的人。依靠目前净值53亿美元，奈特在最新的《福布斯》美国富人榜上名列第六。"蓝带体育用品公司"在1964年成立的当年，净获利润3 240美元。在1996财政年度，耐克公司的总收入高达65亿美元（其中利润为5亿5千万美元）。如今，耐克公司已成长为一个拥有120亿美元资产的全球性企业，出售服装和式样日益繁多的鞋子。"在相当短的时间内，菲利普·奈特创造了20世纪美国最成功的商业传奇之一"，体育运动产业经纪人大卫·法尔克如是说。

公司的建立

奈特在波特兰长大，他父亲原本是律师，后转行做报刊出版商。他曾经是俄勒冈大学田径队的中长跑队员，田径当时是全国最好的体育项目之一。在田径队，奈特虽无太多天赋，但激情十足，被大家成为"雄鹿"。他也因此成为传奇田径教练比尔·鲍尔曼对各种跑鞋执着尝试的理想人选。

奈特是一个有点冷漠的学生。他1959年从俄勒冈大学毕业，获得新闻学学士学位。毕业后从军一年，之后进入斯坦福大学商学院研究生院学习。斯坦福改变了奈特的生活。他第一次有机会学习到运动学之外的知识，这令他兴奋不已。正是在弗兰克·沙林保有关小型企业的课上，奈特产生了"耐克"的构思。沙林保给他的学生们布置了一个作业：构想一个新公司，描述公司成立的目的，并提出一个市场营销计划。奈特在他的作业题目"日德运动鞋之争能否重演昔日日德相机之战？"中，为在劳动力更便宜的日本生产的廉价高级田径鞋描绘了一个发展蓝图。沙林保称奈特是一个有企业家潜质的人，这让奈特认识到了自己以后真正喜欢从事的事情。

　　从斯坦福大学毕业后，奈特勉强服从了父亲的意愿，在波特兰的一家会计事务所找了一份"真正"的工作。但他一开始先去了日本，在那里他迷恋上了日本文化和商业运作方式。直到今天，去办公室拜访他的人在进门前都要先脱掉鞋子，而且采访结束时一般都会合手作揖且鞠躬。

　　奈特在日本的经历使他的生活和商业理念得到了升华。他在日本期间研习亚洲文化和宗教，并攀登了富士山。另外，他还访问了位于神户的鬼冢虎鞋厂，那里鞋子的良好质量和低廉成本给他留下了很深的印象。他与鬼冢虎鞋厂达成协议，在美国代售鬼冢虎鞋。

　　1964从日本回来后，26岁的奈特开始在太平洋西北海岸到处兜售鬼冢虎跑鞋。他仍然每天做着会计的工作。但他坚信，这些廉价的、高性能的运动鞋定能击败市场上像阿迪达斯、匡威、凯德这样的顶级品牌。截至1969年，奈特用他的"蓝带"运动商标卖出了100万美元的鬼冢虎鞋。

　　1971年，奈特觉得可以辞去会计的工作，也是时候给刚起步的公司起一个新名字，设计一个新标志了。他喜欢"六度空间"这个名字，但幸好没得到公司45位员工的认可。后来，他的同事杰夫·约翰逊，一个痴迷跑步的怪人，提出了一个梦中想到的名字：耐克，希腊神话中带翼的胜利女神的名字。公司又支付了35美元请人设计了新的标志"Swoosh"（类似挥动翅膀的标志）。新鞋于1972年在俄勒冈州尤金市举办的奥运预选赛中首次亮相。

　　1972年耐克运动鞋的销售额达到320万美元，在之后的十年中每年的利润都翻了一番。1980年，耐克超越了阿迪达斯领军美国的跑鞋业，并在次年公开上市。1984年，公司签约21岁的乔丹，代言一款篮球鞋，获得了巨大的突破。在短短一年内，好像每个美国人都穿着笨重的、高鞋帮的、醒目的红色乔丹气垫鞋四处昂首阔步。

异乎寻常的的策略

　　公司于1984年签约篮球巨星迈克尔·乔丹，乔丹也因此种气垫鞋成为著名品牌。此后耐克又继续签下泰戈·伍兹和勒布朗·詹姆斯等著名运动员，使Swoosh成为世界上最受认可的商标之一。

　　即使迈克尔·乔丹极具运动员风范，魅力超凡，单凭他自己的力量也无法使耐克成为像可口可乐、麦当劳这样的全球知名品牌，也无法使"去做吧（Just Do It）"这一口号成为最能体现20世纪90年代精神的广告语。奈特理解并抓住了美国流行文化的时代精神，使之与体育联姻，因此，耐克成为了一种文化符号。他找到一种方法，充分利用了社会对英雄的崇拜，对身份象征的迷恋以及对一些叛逆个体的偏好。耐克的营销魅力在于，它关注的是魅力超凡的运动员或形象，甚至很少提及或展示他们的运动鞋。其"Swoosh"（类似挥动翅膀的标志）标志无处不在，通常连耐克的品名也一并省去了。

　　"菲尔了解体育本身的符号力量和吸引力"，身为斯坦福大学商学院研究生院长和耐克董事会成员的安德鲁·迈克尔·斯彭斯如是说道。奈特也明白，并非只有美国的青年人才有对英雄的渴望，不只是他们欣赏这种直接的、甚至有些咄咄逼人的态度。他的预测十分正确，美国文化是种可销售的商品——从巴黎到上海，无论何地的青少年都会与美国特伦顿和圣地亚哥的同龄人一样着迷于查尔斯·巴克利丰富的体态。

一个有雄心壮志的凡人

69 岁的菲尔·奈特，现已辞去耐克总裁和首席执行官的职位，但他仍将担任这家世界上最大的运动鞋和服装制造公司的主席一职。威廉·佩雷斯将接任他的职位，威廉曾是生产佳丽空气清新剂和 Drano 排水管去污剂的美国庄臣父子公司的首席执行官。然而，奈特在这一产业的地位固若金汤，他的想法已根深蒂固地影响了每个重大决策，无人能取代他的位置。

在菲尔·奈特将耐克打造成商品和流行文化制造机的 40 年中，他逐渐意识到，公司的生命力将比他更为长久。从首席执行官的职位退下来后，他曾说过："很显然，没人会永生的。"但抑或没什么能阻挡他前进的步伐，这个豪情万丈的凡人刚刚投入了动漫游戏业，或许他又会创造另一个奇迹，正如耐克的广告语所言"去做吧"！

快速阅读 1

理查德·布兰森和他的维珍王国

理查德·布兰森出生于 1950 年，在史托夫学院受过教育。在他 16 岁的时候，就是在这里开始创办《学生》杂志，到 17 岁他又建立了学生咨询中心，那是一个帮助年轻学生的慈善机构。

1970 年，他以邮件订购唱片零售模式建立了维珍，之后不久，他在伦敦的牛津大街上开了一家唱片商店。1972 年期间，他在牛津郡建立一个录音工作室，麦克·欧菲尔德，维珍集团的第一位艺术家，录制了《管钟》，并于 1973 年发行。这张专辑销量达五百万多张！从那之后很多家喻户晓的名字，如贝林达卡莱尔、创世纪、菲尔克林斯、珍妮·杰克逊和滚石乐队也帮助维珍音乐成为世界六大唱片公司之一。维珍音乐集团的资产、唱片标志、音乐发行和录音棚在 1992 年以十亿美金的价格卖给了索恩百代。

维珍集团已经在全球 30 多个国家拥有约 200 个子公司，行业囊括国际音乐商店、空中旅行、手机、金融、零售、音乐、互联网、饮料、火车、酒店和休闲。

维珍亚特兰大航空集团成立于 1984 年，现在已经是英国第二大国际航空公司，其波音 747 机群和空客 A340 通抵纽约、迈阿密、波士顿、洛杉矶、奥兰多、旧金山、香港、约翰内斯堡、东京、拉斯维加斯、德里、拉哥斯、哈科特港、上海和加勒比。其航空公司的理念即是提供有竞争力的高质量超级头等舱、高级经济舱和实惠服务。维珍航空公司已经获得很多荣誉，其中包含多次年度最佳航空公司。

1997 年，维珍接收了英国两大利润下滑的铁路公司——越野线和西岸干线的特许经营权。维珍现在正在进行一个 20 亿欧元的车队替换项目。

2002 年，维珍的控股公司资产超过 40 亿。除了维珍自己的商务活动，理查德还是许多慈善集团的托管人，维珍保健基金会就是其中之一，该组织是保健慈善方面的领军人，它于 1987 年就艾滋病开展了健康教育活动。

该基金还参与"父母反对抽烟"的游说活动，旨在反对烟草广告和烟草赞助体育赛事的。在项目筹集资金的初始阶段，他通过慈善筹款节目，如喜剧救济基金会等很多慈善活动，发挥积极作用，帮助组织筹款超过一亿欧元。

为了保持高涨的精神，理查德从 1985 年开始就参加很多世界纪录挑战。1986 年他的"维珍亚特兰大挑战者二号"以前所未有的快速度横跨大西洋，重燃蓝丝带精神。时隔一年，"维珍亚特兰大飞翔者"以雄伟的热气球再次横穿大西洋。这不仅仅是第一次热气球横穿大西洋，而且是时速高达每小时 130 英里、跨越 230 万立方英尺的前所未有的壮举。

在这些终极冒险之后，1991 年 1 月，理查德从日本穿过太平洋到达北极加拿大，最远距离达 6 700 英里。他再一次打破所有现存的记录，时速高达每小时 245 英里，跨越 260 万立方英尺。

快速阅读 2

弥尔顿·好时——创造成功企业　建造甜蜜小镇

弥尔顿·史内夫里·好时在宾夕法尼亚州中部的乡村小镇长大，尽管没有受过正规教育，30 岁时还濒临破产，但他仍然成为美国最富有的人之一，不仅如此，他还是一位成功的企业家，其产品誉满全球；一位远见卓识的建造者，所建小镇以他的名字命名；一位慈善家，其慷慨、和善感动了成千上万的人。

尽管在少年时期经历过两次失败的尝试，好时最终还是开创了自己的糖果生意。很快，他的兰开斯特焦糖公司进入了整个美国和欧洲市场，并雇佣了 1 400 名员工，这使他成为那个地区最重要的人物之一。

就在 1893 年到芝加哥参观哥伦布世界博览会时，好时开始对巧克力的制作工艺着了迷。他在那购买了几台德国机器，开始为他的焦糖糖果生产巧克力外皮。但他意识到了市场对巧克力本身需求的增大，于是很快创立了好时巧克力公司。多年来，他一直致力于研制出一个切实可行的制作牛奶巧克力的配方。直到那时，制作牛奶巧克力的过程还一直是瑞士人严守的秘密。通过反复试验，最终，他偶然发现了牛奶、糖和可可的正确配比，实现了自己批量生产、销售牛奶巧克力的梦想。这一曾为富人专享的奢侈品即将变成人人皆可享用的——好时巧克力条。

在好时巧克力公司飞速发展时，他决定出售焦糖公司，全心投入制作巧克力。他在自己的出生地——德利郡附近建了一个工厂。那里靠近港口城市，方便可可豆和糖的供给，周围都是奶牛场，还有当地勤劳的百姓，这一切都很理想。

好时的成功绝不仅仅是运气问题。他从过去的失败经历中汲取了经验教训，他相信，如果工人们得到公正待遇，生活在舒适愉悦的环境中，那么他们就会有更为出色的表现。不同于其他的公司城，好时并非想剥削他的员工，相反，他想为他们带来福利。他还创立了一个非营利性组织为当地居民提供教育和文化知识。在 20 世纪 60 年代初期，弥尔顿·史内夫里·好时基金会向宾夕法尼亚州立大学提供资金和土地建立了一家医疗中心。

如今集医学院、附属医院和研究中心于一体。

弥尔顿·好时于 1945 年去世，他将公司、好时镇、学校还有向其提供资助的信托基金都留给了世人。据说，在他去世时，他所创建的公司已生产了全美约 90%的牛奶巧克力。

如今，宾夕法尼亚州的好时镇与美国的任何小镇相比都迥然不同。例如，街灯都被做成"好时之吻"巧克力的形状。空气中常弥漫着巧克力的味道。每年有成百上千万的游客来此参观。他们可以了解好时巧克力世界的巧克力是如何制作出来的，然后住在好时酒店，去好时游乐园度过愉快的时光；还可参观好时博物馆和好时花园。这个特殊的小镇被称为"世界上最甜蜜的地方"。

 练习答案

I.

1. In Frank Shallenberger's small-business class, Shallenberger asked his class to invent a new business, describe its purpose and create a marketing plan and he also defined the type of person who was an entrepreneur, which made Knight aware of what he really would like to do.

2. It is one part of Japanese culture, so it can give evidence to the fact that Knight has been enamored of Japanese culture and business practices.

3. He found a way to utilize society's worship of heroes, obsession with status symbols and predilection for singular, often rebellious figures. Nike's seductive marketing focuses on a charismatic athlete or image, rarely even mentioning or showing the shoes.

4. Because Knight understood and captured the zeitgeist of American pop culture and married it to sports.

5. He has jumped into the animation game.

II. 1. g　2. i　3. a　4. f　5. b　6. c　7. d　8. j　9. h　10. e

III.

1. 从斯坦福大学毕业后，奈特勉强服从了父亲的意愿，在波特兰的一家会计事务所找了一份"真正"的工作。

2. 但他坚信，这些廉价的、高性能的运动鞋定能击败市场上像阿迪达斯、匡威、凯德这样的顶级品牌。

3. 1972 年耐克运动鞋的销售额达到 320 万美元,在之后的十年中每年的利润都翻了一番。

4. 即使迈克尔·乔丹极具运动员风范，魅力超凡，单凭他自己的力量也无法使耐克成为像可口可乐、麦当劳这样的全球知名品牌。

5. 奈特理解并抓住了美国流行文化的时代精神，使之与体育联姻，因此，耐克成为了一种文化符号。

6. 他找到一种方法，充分利用了社会对英雄的崇拜、对身份象征的迷恋以及对一些叛逆个体的偏好。

IV.

1. Prior to his appointment as CEO, Mr. Moore had worked at the company for twelve years.

2. A chief executive officer is the highest-ranking corporate administrator in charge of total management of an organization.

3. People always try to unveil how the outstanding CEOs have succeeded in undertaking their responsibilities.

4. The CEO is responsible for the success or failure of the company, especially in a startup.

5. A CEO must have a balance of internal and external initiatives to build a sustainable company.

V. Omitted

快速阅读 1

I. 1. F　2. T　3. T　4. F　5. F

II. 1. B　2. C　3. D　4. A　5. D

快速阅读 2

I.

1. It turned him into one of the area's leading citizens.

2. It was at the exposition that Hershey first became fascinated with the art of chocolate making, began producing chocolate coating, and then started the Hershey Chocolate Company.

3. Because up to then the process of making milk chocolate had been kept a closely guarded secret by the Swiss.

4. Because it was convenient to the port cities that could provide cocoa beans and sugar, surrounded by dairy farms and endowed with a hardworking populace.

5. Workers who were treated fairly and who lived in a comfortable, pleasant environment would be better workers.

II. 1. F　2. T　3. T　4. T　5. F

第八单元

区域经济一体化

区域经济一体化常指某些在一定的区域范围内，地理相邻的国家建立合作组织，以减少并最终取消关税和非关税壁垒，使商品、服务以及生产要素可以在各成员国间自由流动，其目的是为了获取经济利润。

区域经济一体化的程度不同。按其一体化的程度，从弱至强依次是：优惠贸易协定、自由贸易区、关税同盟、共同市场、经济联盟和政治同盟。

至今为止，世界上最具影响力的经济区是欧盟、《北美自由贸易协定》和亚太经济合作组织。

欧盟
历史

欧盟是欧洲的 27 国联盟，商定整合协调他们的大部分经济政策和其他一些政策领域。它的历史根源起于第二次世界大战。人们有此构想旨在防止此类杀戮和毁灭再次发生。

欧洲统一之路迈出的第一步是 1951 年由法国、西德、意大利、比利时、荷兰和卢森堡六国组成的欧洲煤钢共同体。受到欧洲煤钢共同体成功的鼓励，此六国力图加深彼此的合作，由此决定创造一种经济共同体。于是，他们在 1957 年签署了《罗马条约》，创建了欧洲原子能共同体和欧洲经济共同体。后者创造了一种关税同盟，取消了成员国间的所有关税，并于 1968 年对该共同体外的国家的进口商品采用了共同的关税体系。

1967 年，欧洲煤钢共同体、欧洲原子能共同体和欧洲经济共同体合为欧洲共同体。随着东欧共产主义的结束，欧共体各成员国决定加强彼此的联系，并协商了有关欧盟的新条约《马斯特里赫特条约》，此条约引入了各成员国间合作的新形式，欧盟由此而生。

欧盟的成员

随着欧盟的进一步扩大，现有 27 个成员国，分别是：德国、法国、英国、意大利、西班牙、波兰、荷兰、希腊、葡萄牙、比利时、捷克共和国、匈牙利、瑞典、奥地利、丹麦、斯洛伐克、芬兰、爱尔兰、立陶宛、拉脱维亚、斯洛文尼亚、爱沙尼亚、塞浦路斯、卢森堡、马耳他、罗马尼亚和保加利亚，人口总数已超过 4.5 亿。

另外，欧洲经济区中的三个国家——挪威、冰岛和列支敦士登，他们并非欧盟的成员，却也应用许多欧盟的条例，只是没有投票权，不能参加欧盟的决策。瑞士与欧盟达成协议，负责产品监管的多个方面。

机构

欧盟的条约为其创建了管理体系，包括决策机构、监管程序和处理欧盟日常工作的组织，可简要分为三个关键部门：欧盟委员会、欧洲议会和理事会（欧洲理事会和欧盟理事会）。另外，还有其他重要部门，如欧洲法院，旨在对欧盟中的权力和决策争端作出裁决。

欧盟委员会设在欧盟总部布鲁塞尔，是处理欧盟日常事务的核心机构，也是唯一能草拟法案的机构。欧洲议会提供了各方辩论的民主论坛，有监督和某些领域的立法职能。欧盟的理事会是主要的决策机构，由 15 个成员国的部长组成，其职责为：在特定会议中就外交事务、农业、工业、交通及环境等各方面的政策问题进行讨论。

《北美自由贸易协定》

北美自由贸易协定是全球最有权威且覆盖范围最广的公约之一。该公约适用于整个北美的贸易区域，并在整个（北）半球范围内的合作呈现出前所未有的规模。

北美自由贸易协定是加拿大、墨西哥和美国之间的公约，其制定旨在促进三国之间更广泛的贸易合作。其生效于 1994 年 1 月 1 日，并自此经历了两次大的补充，《北美经济合作协定》（NAAEC）以及《北美劳务合作协定》（NAALC）。最近的一次补充是《北美安全与繁荣伙伴协议》，这次补充主要为了促进成员间国家安全的合作。

由于北美自由贸易协定的诞生，尤其是墨西哥大幅度地增加了对美国产品的采购。这为墨西哥的企业在进口中节省了大量的费用，同时也节省了美国企业出口的船运成本。加拿大即便没有达到墨西哥的程度，也同样在此方面获益颇丰。

北美自由贸易协定的主要益处之一是，在这三国之间运输的货物上都贴有三种语言的标签：法语、西班牙语和英语。另外，至少对墨西哥来说，此协定鼓励了这三个国家之间的相互移民。

许多观察员认为北美自由贸易协定与欧盟实为相同的经济和政治联盟。这种说法也对也不对。像北美自由贸易协定一样，欧盟是一个为了促进欧洲多数国家间更广泛的贸易和经济合作而成立的经济联盟。其成员国间使用的通用货币"欧元"，却是 NAFTA 成员国所没有的。另外，欧盟有其政治作用以及自身的政府，这些都是北美自由贸易协定所不具备的。

亚太经济合作组织

亚太经济合作组织，成立于 1989 年 11 月，是一个旨在推动在亚太地区经济发展、合作以及贸易、投资的最重要的论坛。它由环太平洋的 21 个国家及地区组成——既有亚洲也有美洲的成员，约占世界人口的 40%，世界 GDP 的 56%，以及世界贸易总额的 48%。其成员国和地区有：澳大利亚、文莱、加拿大、智利、中华人民共和国、中国香港地区、印度尼西亚、日本、韩国、马来西亚、墨西哥、新西兰、巴布亚新几内亚、秘鲁、菲律宾、俄罗斯、新加坡、中国台北、泰国、美国和越南。

亚太经合组织是世界范围内唯一承诺不结盟、开放对话、和平共处、相互尊重的政府间组织。不同于世贸组织或其他多边贸易体，它对各成员国和地区没有规定其义务的公约。其内部的决定都源于成员国和地区的共同认可承诺并自愿执行。自从成立伊始，亚太经合组织便旨在减少亚太地区各国和地区间的关税及其他贸易壁垒，促进成员国和地区的经济有效发展并极大的增加出口。为实现此愿景，最关键的是被称为《茂物宣言》中所制订的目标，即力争使亚太地区的工业化国家在 2010 年前，发展中国家在 2020 年前，能实现自由开放的贸易和投资。

区域经济一体化被称为一种状态或者一种过程，使得成员经济体在追求相同目标的条件下，利用彼此的相对优势，通过合作及融合，实现受益，而通常情况下，仅靠他们自己是无法实现的。它开辟了贸易范围，扩大了市场容量，激励了竞争和投资，使生产要素的流动更为便利，促进了国际劳务分工，提高了生产力，减少了交易的成本，因此，资源便可在成员国和地区之间有效的分配。融合之后，所有成员的社会福利将得到提升。这些收益所带来的广阔前景促进了区域经济一体化的兴起。然而，区域经济一体化也是一把双刃剑，它有可能加剧经济区域发展的不平衡，也会给国家主权的观念带来冲击，这种情况现已敲响了警钟。

快速阅读 1

中国-东盟经济联系更加紧密

第三届中国-东盟博览会和商务与投资峰会已在华南的广西壮族自治区省会南宁开幕。中国-东盟博览会和商务与投资峰会经中国国务院总理温家宝倡议每年在中国广西南宁举办。中国国务院总理温家宝和东盟所有 10 个成员国的领导人星期二在南宁共同出席了两会。他们都一致认为，中国与东盟经贸关系全面发展，给彼此带来了实实在在的经济利益，成为双边关系发展的重要基础和强大动力。

在第三届中国-东盟博览会开幕式上，温家宝总理高度评价了此次博览会的重要意义。他说，中国-东盟博览会体现了双方抓住机遇、深化合作的真诚愿望，搭建了互利共赢和双赢合作发展的平台，推动了中国与东盟在贸易、投资、旅游等领域的实质性合作。

温家宝指出，自中国-东盟建立对话关系 15 年以来，中国与东盟经贸关系取得了巨大发展。双边贸易额去年达到 1 300 多亿美元，增长了 15 倍。他说，双边经贸合作潜力巨大，前景广阔。他还补充说双边要紧紧抓住历史机遇，积极进取，努力实现到 2010 年双边贸易额达到 2 000 亿美元的目标，把双边经贸合作提升到一个新的水平。

东盟轮值主席国菲律宾总统格洛丽亚·阿罗约在致辞中说，她希望中国和东盟通过此次博览会能进一步加强双边经贸关系。中国和东盟领导人也出席了第三届中国-东盟商务与投资峰会的开幕式。

中国国务院总理温家宝在峰会开幕辞中指出，中国与东盟拥有约 18 亿人口，市场空间极为广阔。双方在资源、产业结构、贸易等方面互补性强，又都处于快速发展阶段。他建议进一步拓展和丰富合作领域，充实合作内涵。

"双方应创造更加便利的贸易环境，推动双边贸易发展。在巩固传统商品贸易的基础上，努力扩大机电、高新技术等高附加值产品的进出口。中国虽然在与东盟贸易中处于逆差，但仍愿向东盟国家开放市场，继续增加自东盟国家的进口。"

来自中国和东盟国家大约 3 000 展商参加了此次博览会，展出的产品范围广泛，涉及从农业产品到电子和高科技机械。第三届中国-东盟商务与投资峰会也吸引了约 1 000 位来自中国和东盟各国的高级官员、商界领袖和专家。

快速阅读 2

中国国家主席胡锦涛出席二十国集团首尔峰会

周五，中国国家主席胡锦涛同其他二十国集团成员领导人集聚一堂，共同讨论解决全球经济在持续复苏中遇到的挑战，制订执行方案，以实现世界经济强劲、可持续、平衡增长。

胡锦涛主席曾出席过 2008 年二十国集团的华盛顿峰会，2009 年的伦敦和匹兹堡峰会，还有 6 月刚刚举行的多伦多峰会，此次将在韩国首都首尔召开的第五次峰会中就即将讨论的重要议题陈述中方立场。

在首尔峰会中，各国领导人将讨论世界经济形势，"强劲、可持续、平衡增长框架"，国际金融机构改革，加强国际金融监管，全球金融安全网和发展等问题。

上周二，胡锦涛主席在接受韩国媒体联合书面采访时曾表示，"即将在韩国首尔召开的二十国集团领导人峰会首次在新兴市场国家和亚洲举行，这对二十国集团机制的发展具有重要意义"。

胡锦涛指出，首尔峰会应主要抓住以下问题：

——继续本着"同舟共济"精神和互利共赢原则，加强宏观经济政策协调，向市场发出二十国集团成员团结一致应对世界经济重大挑战的积极信号，提振市场信心，巩固世界经济复苏势头。

——推动国际金融体系改革，加强国际金融市场监管，增加新兴市场国家和发展中国家在国际金融机构中的发言权和代表性。

——推动解决南北发展不平衡问题，为落实联合国千年发展目标提供政治支持。

——反对贸易保护主义，推动世贸组织多哈回合谈判取得全面均衡的成果，实现发展回合目标。

二十国集团领导人峰会先后举行四次，制定了应对国际金融危机的举措，在推动世界经济恢复增长、稳定国际金融市场、提振民众和企业信心方面发挥了重要作用。

六月在多伦多会面时，二十国集团领导人达成共识：当务之急是巩固和促进复苏，为经济强劲、可持续、平衡增长奠定基础，加强金融体系。

主办方韩国表示，首尔峰会中，二十国集团领导人将在以往峰会成果基础上，为实现共同的根本目标，提出新的议题。

二十国集团成立于 1999 年，由重要的发达国家和发展中国家组成，主要讨论全球经济的关键问题。其成员包括：阿根廷、澳大利亚、巴西、英国、加拿大、中国、法国、德国、印度、印度尼西亚、意大利、日本、墨西哥、俄罗斯、沙特阿拉伯、南非、韩国、土耳其、美国以及欧盟。二十国集团国民生产总值的总量约占全世界的 90%，总贸易额达到全世界的 80%（包括欧盟的内部贸易），人口也将近世界总人口的 2/3。

 练习答案

I.

1. 1951: the European Coal and Steel Community (ECSC)

   1957: the European Atomic Energy Community (Euroatom) and the European Economic Community (EEC)　(the Treaties of Rome)

   1967: the European Community (EC)

   Thus, the European Union (EU) (the Treaty of Maastricht)

2. The European Commission is the core institution that runs the day to day business and the only European institution that can draft legislation.

   The European Parliament provides a democratic forum for debate. It has a watchdog function and also plays a part in the legislative process.

   The Council of the European Union is the main decision-making institution.

   The European Court of Justice adjudicates on disputes relating to EU powers and decision making.

3. One prime benefit of NAFTA is that goods shipped between the three countries have labels printed in three languages: French, Spanish, and English. Another is that the NAFTA agreement also encourages greater immigration between the three countries.

4. Not exactly. The EU, like NAFTA, is an economic union that fosters greater trade and cooperation between a large handful of the countries of Europe. EU members, however, have a common currency "Euro", while NAFTA members do not. Also, the EU has a political element and its own government, neither of which NAFTA has.

5. APEC is the only inter-governmental grouping in the world operating on the basis of non-binding commitments, open dialogue and equal respect for the views of all participants. Unlike the WTO or other multilateral trade bodies, APEC has no treaty obligations required of its participants. Decisions made within APEC are reached by consensus and commitments and undertaken on a voluntary basis.

6. Regional economic integration brings about trade creation; enlarges the market capacity; stimulates competition and investment; facilitates the flow of factors of production; promotes international division of labour; enhances productivity and reduces transaction costs, so that the resources are effectively allocated among the members. The total welfare of all members will increase after integration. The prospects of these benefits helped the emergence of regional organizations for economic integration.

II. 1. d 2. g 3. a 4. f 5. b 6. c 7. i 8. j 9. e 10. h

III.

区域经济一体化常指某些在一定的区域范围内，地理相邻的国家建立合作组织，以减少并最终取消关税和非关税壁垒，使商品、服务以及生产要素可以在各成员国间自由流动，其目的是为了获取经济利润。

区域经济一体化的程度不同，按其一体化的程度，从弱至强依次是：优惠贸易协定、自由贸易区、关税同盟、共同市场、经济联盟和政治同盟。

IV.

1. The overall strategic goal of Pan-Pearl River Delta regional economic cooperation is to achieve regional economic integration.

2. Citizens of the EU can travel without restriction within the EU.

3. In a mere decade, APEC has grown to a key economic cooperation forum in the world, boasting 21 members in the Asia-Pacific.

4. In the G20, industrialized countries and emerging markets come together to share ideas and promote financial stability.

5. The ASEAN has become a representation for regional cooperation in Southeast Asia.

V. Omitted

快速阅读 1

I. 1. F 2. F 3. T 4. T 5. F

II. 1. A 2. C 3. C 4. D 5. C

快速阅读 2

I.

1. Washington, London, Pittsburgh and Toronto.

2. The world economic situation, the "Framework for Strong, Sustainable and Balanced global growth", the reform of global financial institutions, the strengthening of financial regulations, a global financial safety net and development issues.

3. The G20 summit held in Seoul, the Republic of Korea, is the first one of its kind to be held in an emerging economy and in Asia.

4. They all might have discussed the measures to deal with the international financial crisis.

5. Because G20 members represent around 90 percent of global gross national product, 80 percent of world trade and two-thirds of the world's population.

II. 1. T 2. T 3. F 4. T 5. F

第九单元

环境，贸易与投资

    环境，贸易和投资在根本上是相互联系的，因为环境为经济活动提供了许多最基本的原材料——森林、渔业、金属和矿物——当然还有用来处理、加工那些原材料的能源。反过来讲，贸易和投资又是受环境问题所影响的，原因在于生产商和投资商都必须遵守环保法规，而且市场也必须考虑消费者对绿色产品的需求。除了这些物质上和经济上的联系外，法律部门也在监管贸易、投资和环境。一些机构法规如世界贸易组织，区域性或双边贸易协定都包含了有关贸易与投资的规则。而像多边环保协定，区域性协定，国家及次级法规都包含了环境保护法的内容。

    现在让我们以美国为例看一下这些法律部门是怎样运作的。美国是世贸组织成员国之一。1995年，世贸组织整合并扩容了关贸总协定，并为130多个成员国制定了商品交易规则。与此类似的，世贸组织还为像环境服务这样的服务业贸易制定了规则，即服务业贸易总协定（GATS）。世贸组织的序言中也重申了可持续发展的指导思想："贸易和经济领域中的各种关系都应本着提高人们生活水平的指导精神……努力做到既保护了环境，又完善了用于环保的各项措施。"

    不管是否为世贸组织成员，各国都可以加入自由贸易协定（FTAs）。不管是在双边关系中与另一国，或是在多边关系中与另外多国，这些贸易协定都规定各国政府有义务监管关税或非关税贸易壁垒。如果双方都为世贸组织成员，他们通常会承担比世贸组织所要求的更多的义务。而这些双边和多边协定与世贸组织规则之间的一致性将接受世贸组织区域贸易协定委员会审查。

    各项协定同时也受世贸组织贸易与环境委员会审查（CTE）。而CTE的目的是把环保和可持续发展议题带入到世贸组织的主要工作中来，并且其任务之一是确立贸易方式与环保措施之间的关系从而促进可持续发展。在卡塔尔多哈举办的第四届世贸组织部长级会议上，各成员国成功达成环保问题一揽子协议，体现了世贸组织对可持续发展并同时促进贸易、环境和发展利益所做出的承诺，从而加强了CTE的职能作用。多哈决议将使美方谈判代表寻求一个确切的日程表，旨在削减各种对环境有害的政府津贴，提高那些与环境相关的产品与服务的市场准入标准，鼓励发展中成员国发展生产力，并促进贸易协定中的环保审查。除此之外，CTE 还将加强世贸组织秘书处与多边环保协定之间的合作，从而进一步探讨各协定之间的关系。

虽然刚刚加入世贸组织不久，但美国早在 1994 年就以缔约国身份加入了北美自由贸易协定（NAFTA），此协定是与加拿大和墨西哥达成的多边优惠贸易与投资协定。北美自由贸易协定的内容包括北美环境合作协议。2001 年，美国政府做出长远规划要把环境问题纳入本国的贸易政策中。美国与约旦之间的自由贸易协定是第一个在条文中包含强制性环保义务的贸易条约。世贸组织、北美自由贸易协定和其他的自由贸易协定同样包含争端解决条款来允许各成员国政府有权利质疑那些他们认为已违反贸易规则的国家。

除了作为世贸组织、北美自由贸易协定和美约自由贸易协定成员国之外，美国还与以色列分别在 1985 年和 1996 年建立了一个双边协定和一个农产品贸易协定，与越南在 1997 年签订了一个双边协定，同时也正在为签订其他贸易与投资协定进行初步的磋商。同时，美国也加入了 30 多个双边投资条约（BITs），各条约都对美国境内的外国投资者及其资本进行管制，并且还对在其他国家的美国投资者及其资本进行监管。

随着全球商业化的扩张，各国经济变得更加相互依赖，而国际贸易机构和相关活动也在不断的发展。与贸易发展齐头并进的是，已有 200 多个多边环境协定（MEAs）在全球范围内被建立起来。其中的一些为全球性条约，因而任何一个国家都可以加入。美国便是许多这些大大小小协定中的成员国之一，例如濒危物种国际贸易公约（CITES）。以上提到的那些多边环境协定（MEAs），以及许多其他双边协定或国家和地区性环保法规共同构建了一个环境管理体系，反映了一系列广泛的利益与议题。不断扩大的贸易自由化能对环境造成一定的正面或是负面的影响，因而环保协定和各国环保法规尤其显得重要，以确保国际间贸易与投资规则能够支持高端的环境保护。

世界经济一体化有可能导致一些国家为了吸引外资或为了在市场经济中获得一席之地而放松健康、安全和环境方面的标准。世贸环境协议以及有效的国家性环境政策降低了这种可能性。如果没有适当的经济政策，日益发展的全球化经济及全球化投资也许不能持续发展下去，世贸环境协议也重申了这一点。这些协议正是为了减慢或阻止环境的进一步恶化而签署的，目前这些协议有的仍处于谈判状态，有的已经开始实施。

快速阅读 1

贸易自由化对环境的影响

2002 年，世贸组织秘书处准备了一份关于服务业贸易自由化对环境影响的研究报告。这份报告有选择性的研究了三大行业（旅游业、陆路运输业和环境服务业），并且简要探讨了如何评估服务业贸易自由化对环境的影响这一平行议题。

成员们一致认为，目前所进行的各项谈判协商正是贸易自由化进程的一部分。而这些谈判都是以现行计划表为出发点，在现有的服务业贸易总协定（GATS）框架下进行的。应当指出的是，现行的 GATS 协定在义务履行安排方面，还有在各国政府向外国服务供应商征税方面给予各国一定的灵活自主权。服务业贸易自由化将建立在对各国政策，国家发展水平和各成员国经济规模尊重的基础之上。

虽然贸易自由化是要逐步取消对服务业供应商的贸易壁垒，但这并不意味着它将削弱政府在其中所发挥的职能。相反地，自由化更可以凸显政府需要依靠特定法律法规来确保一些政策目标的实施。例如，环保方面的政策可能会帮助缓解服务业贸易自由化对环境产生的负面影响，同时也可以提升其产生的相应的正面影响。从这个意义上来讲，任何行业中贸易自由化在环境方面的影响会最终取决于这种自由化是否是在现行的法规监管或政策调整下进行的。如果相关政策合理到位，并且价格能如实的反映生产成本（包括环境成本）的话，那么这种自由化就能够有益于环境，因为它倡导了一种对周围资源更为有效的利用。最后，其对环境的正面影响将会取决于一个社会中用于环境保护方面的资源的可利用性。反过来讲，这些资源的可利用性是由一个国家的发展水平来决定的。换言之，在更自由的贸易与经济增长之间是有积极联系的，而他们又能消除贫困，提高人们生活水平，创造更好的环境。且不论其来源，贸易自由化的理念正深入人心。

虽然一般来讲服务是看不见摸不着的，但它对环境直接的影响却可以从它对相关产品的消费上面来衡量。当考虑服务业贸易自由化对环境影响的时候，我们也不应该忽视相关产品的供应与消费所产生的影响。

截至 2003 年 4 月，约有 47 个成员国已经在其环境服务部门中的至少一个分部门里开始履行所承诺的具体义务。当然，这些成员国中的大多数已在数个分部门中开始履行那些义务，而有些成员国甚至已将其贯彻到所有的分部门。纵观各分部门，所履行的义务在数量上大致均等。与其他部门相比，如旅游、理财和电信等部门，环境服务部门中以 GATS 协议为规范的自由化程度似乎相当的有限。

然而，我们应铭记的是各成员国的政策法规在现实中可能会比原先计划安排的更宽松些。环境服务部门是指在这个部门中，多数的贸易是通过由自然人伴随的商业行为来完成的。由于跨国界贸易和境外消费的关联性是有限的，所以虽然他们两者可以为某些支持性服务提供贸易渠道，但对于许多其他相关服务来说，技术上是行不通的。所有这些运作模式都可以体现在由成员国所履行的具体义务当中。

快速阅读 2

世界各地响应"地球一小时"

上周六，世界各地纷纷熄灯响应"地球一小时"，抵御全球气候变化的活动。悉尼歌剧院、北京故宫，以及埃菲尔铁塔、大本钟和罗马圆形大剧场等欧洲著名地标建筑相继熄灯。美国纽约的帝国大厦、华盛顿的国家大教堂、亚特兰大的可口可乐公司总部等建筑也在当晚熄灭了灯光。

"地球一小时"活动于上周六晚 8 点 30 分开始，当晚预计有数百万人关掉电灯和电器一小时以示响应。该活动旨在加强人们的环保意识，并呼吁制定一个减少温室气体排放的有约束力协议。今年是世界自然基金会第四次举办"地球一小时"活动。世界自然基金会华盛顿分会的发言人丹·弗尔曼说："看到全球亿万民众都持有减少碳足迹的共同价值观，真是件好事。"据"地球一小时"活动组织者介绍，从新西兰海岸遥远的查塔姆岛开始，全球 120 多个国家的约 4 000 个城市自愿参与了上周六的活动，以减少能源消耗，但交通信号灯和其它安全装置未受影响。

世界自然基金会澳大利亚分会的首席执行官格雷格·伯恩说："从卡萨布兰卡到纳米比亚和坦桑尼亚的旅行露营地，每个人都参与到我们的活动中来。""地球一小时"活动于 2007 年在悉尼首次发起，之后发展为一项全球性的活动。世界自然基金会英国分会的女发言人黛比·查普曼说："这是在向政治家们发出呼吁：你们不能放弃对抑制气候变化的努力。"

英国白金汉宫和议会大厦于当晚熄灯支持该活动，伦敦其它一些著名建筑如圣保罗大教堂和艾伯特皇家音乐厅以及苏格兰的爱丁堡城堡也加入到熄灯行动中来。莫斯科当晚也响应了该活动，坐落于山上俯瞰全市的标志性宏伟建筑莫斯科大学消失在夜色中。附近的卢日尼基大体育场和位于市中心的高层建筑乌克兰酒店也熄灭了灯光。海参崴的几家饭店则举办起了"烛光之夜"活动，借"地球一小时"之机营造浪漫气氛。南极洲戴维斯站的科考人员也参与了活动，他们于当晚熄灭了驻地的灯。

去年，约有 88 个城市参加"地球一小时"活动，该活动受到了联合国、全球企业、非盈利性团体、学校、科学家和社会名流们的支持。

 练习答案

I.

1. The environment provides many basic inputs of economic activity—forests, fisheries, metals, minerals—as well as the energy used to process those materials. Trade and investment, in turn, are affected by environmental concerns, as producers and investors must comply with environmental regulations and markets must address the consumer demand for greener goods.

2. Trade and investment rules.

3. "Relations in the field of trade and economic endeavor should be conducted with a view to raising standards of living...seeking both to protect and preserve the environment and to enhance the means for doing so."

4. US-Jordan Free Trade.

5. Environmental agreements and effective national environmental policies help to decrease the possibility that economic integration could lead countries to relax their health, safety and environmental standards in order to attract international investment or gain a competitive advantage in the market place.

II. 1. c　2. j　3. g　4. a　5. i　6. b　7. h　8. e　9. f　10. d

III.

    世界经济一体化有可能导致一些国家为了吸引外资或为了在市场经济中获得一席之地而放松健康、安全和环境方面的标准。世贸环境协议以及有效的国家性环境政策降低了这种可能性。如果没有适当的经济政策，日益发展的全球化经济及全球化投资也许不能持续发展下去，世贸环境协议也重申了这一点。这些协议正是为了减慢或阻止环境的进一步恶化而签署的，目前这些协议有的仍处于谈判状态，有的已经开始实施。

IV.

1. These enterprises must be made to comply with the environmental regulations, otherwise, the consequences will be quite serious.

2. Aside from motorcars, the factory turns out bicycles.

3. Let's take the company as an example to see how they do their export trade.

4. Too much work and too little rest often lead to illness.

5. Climate change results from the destruction of the environment.

V. Omitted

快速阅读 1

I. 1. T 2. F 3. T 4. F 5. F

II. 1. C 2. A 3. B 4. D 5. B

快速阅读 2

I.

1. Europe's best known landmarks—including the Eiffel Tower, Big Ben and Rome's Colosseum.

2. To highlight environmental concerns and to call for a binding pact to cut greenhouse gas emissions.

3. Some 4 000 cities in more than 120 countries.

4. It was organized by the World Wildlife Fund and started in 2007.

5. Last year, some 88 cities took part in Earth Hour, which is backed by the United Nations as well as global corporations, nonprofit groups, schools, scientists and celebrities.

II. 1. F 2. T 3. F 4. T 5. F

IV.

1. These enterprises must be made to comply with the environmental regulations, otherwise the consequences will be quite serious.

2. Aside from molecules, the factory turns out by-products.

3. Let's take the company as an example to see how they do their export trade.

4. Too much work and too little rest can lead to illness.

5. Climate change results from the destruction of the environment.

V. Omitted.

1. Europe's best-known landmarks—including the Eiffel Tower, Big Ben, and Rome's Colosseum.

2. To highlight environmental concern and to call for a binding pact to cut greenhouse gas emissions.

3. Some 4,000 cities in more than 120 countries.

4. It was organized by the World Wildlife Fund and started in 2007.

5. Last year, some 88 cities took part in Earth Hour, which is backed by the United Nations as well as global corporations, nonprofit groups, schools, scientists and celebrities.

第十单元

谈判技巧与策略

　　人类生活在一个充满矛盾、争端与冲突的世界。人们必须通过谈判协商来解决一些问题。现在越来越多的场合需要谈判，而越来越少的人愿意接受由别人做出的裁定。每个人都是不同的，而他们可以利用谈判来处理这些不同点。要想适应现在的商业社会，每个人都需要对谈判有更多的了解并且能够在谈判中问有所答。谈判是一个各方之间沟通的过程，从而解决争端，达成一致。谈判是一种最基本的手段来帮助你从他处得到你想要的东西。它是一个往来反复的沟通过程，旨在为你和谈判另一方就一些共同利益或反对意见达成共识。

　　然而，从一种严格且理性的角度来说，并不是所有的谈判都是成功的。成功的谈判至少要满足如下几个方面的条件：

- 谈判的结果对双方来说都是互惠互利的。一方的让步或妥协都不能被称为是成功的谈判。

- 谈判的发生基于双方的冲突；但没有双方的协作，谈判就不能顺利进行并取得令人满意的解决方式。

- 尽管谈判双方力量和权力是不均衡的，但如果一方对谈判的结果无法实施自己相应的权利（这通常能反映双方权利是否平等），这样的谈判不能被认为是成功的。

以下所介绍的谈判技巧和策略能够帮助人们实现成功的目标。

　　首先，每一次谈判都需要做好充足的准备。这些准备工作是谈判不可或缺的一部分，它能帮各方了解谈判所需的重要信息，使谈判人具备讨价还价的必要武器，并能增强谈判人的信心。谈判准备工作应从以下几方面入手：1）谈判目标；2）有关谈判的宏观及微观信息；3）谈判人员筛选；4）谈判地点选择。

　　谈判计划纲要是根据以上所述的准备工作所设计决定的，而谈判策略也是依据其所进行制定的。从策略上讲，谈判人员应至少设定三个目标，即最佳目标、可接受目标和底线目标。目标决策有两个因素：利益取向和目标等级。各方在谈判桌上所期望获得的利益也是有不同侧重的。因此，准备阶段的首要任务是要决定在谈判中先获得哪些利益和哪些利益是要以牺牲其他利益为代价而获得。对这些方面的问题进行讨论能使谈判人更易于做出目标决策。如果谈判各方利益性质简单，内容单一，那么目标决策的过程也就会容易些。其中最大的困难就是，有多少利益需要以牺牲其他利益为代价来获得。通常，答案会随着谈判的进行而逐渐揭晓。

一般来讲，人们视信息为无价之宝，因为它能帮助我们减少不确定性因素。对形势了解得越多，我们也就越能判断可能出现的结果。在谈判中，我们把握的确定性因素越多，那我们在决策和计划中所面对的风险就会越少。本质上讲，信息在谈判中有两方面的运用价值：解决问题和策略规划。信息能够展现可能的解决方案，也能帮我们避免为错误而付出沉重代价。信息可以从以下几处来源收集：国际组织、政府、服务性组织、业务通讯以及在线服务等。此外，市场调研也是个不错的方法。

信息包括宏观和微观信息。宏观信息包括人口数据，国与国间贸易流通数据和全球工业与农业生产数据等。微观信息包括一个国家具体行业的材料利用情况，行业发展前景，以及行业外贸活动状况。

对文化特性和文化类型的研究能够帮助我们更好的理解人们在谈判过程中的行为。在国际商务谈判中，来自不同文化背景的人们在处理讨价还价、信息介绍、阐述论点和做出让步方面都有所差异。在某些国家，像澳大利亚和瑞典，讨价还价的行为在谈判中很少见到，这也就意味着他们的最初报价和最终报价将不会有太大差别。然而，在某些国家，像俄罗斯、埃及和中国，最初报价和最终报价之间的差额是巨大的。人们普遍认为，在东方文化和西方文化这样的主流文化中，文化特征或是说文化层面有两个极端。西方文化中强调自我意识，而东方文化中却重视集体意识。在西方社会一直有这样一种看法，即为顾全大局而牺牲个人利益就是对人权的践踏。而这恰恰就是日本和"亚洲四小龙"（新加坡，韩国，中国香港和中国台湾）经济腾飞的原因所在。

成功的谈判有两个原则。一是双赢原则，其核心是谈判双方利益共赢。实践已经证明此原则在处理异议争端时的高效性。其基本模式为：

- 决定各方利益与需求
- 发现对方的利益与需求
- 提供建设性选择与解决方案
- 宣布谈判成功
- 声明谈判失败或谈判陷入僵局

双赢模式的重点在于，谈判各方不仅仅要努力为自己获得利益，而且还要希望对方也能够大体上获得他们的利益。事实证明双赢理论在许多棘手的谈判中是成功的也是有效的。因为它充分顾及了谈判各方的利益，从而也就极大的促成了各方的相互理解。因而，它能为各方带来所期望的谈判成果。但是，由于一根筋式的输赢观念的根深蒂固，不是所有人在所有情况下都能遵循双赢法则。因此，新概念的建立对人们来说是任重而道远的。

成功谈判的另一个原则是协作原则，要求不要花招和故作姿态。当谈判双方利益相互抵触时，应该借助客观评判标准。此原则的核心是要通过强调双方利益而不是通过讨价还价来达成对双方都有利的共识。以此原则为本的谈判方式的重点是放在各方利益上，而不是放在人的因素上面。协作原则性谈判有四个基本组成部分：人（把人从问题中剥离）；利益（重点是各方利益而不是其所处地位）；收获（为双方收获利益创造更多机会）；标准（引入客观标准）。这四个组成部分彼此相互关联，并且应贯穿运用在整个谈判过程之中。

现在越来越多的场合都需要谈判协商。谈判已成为我们生活的一部分。不管喜欢与否，我们每个人都是谈判人。每天大家都在就某些事情进行谈判，并且都想参与决策来影响别人。越来越少的人会去接受由别人做出的裁定。总而言之，以上所述的谈判技巧及策略将会帮助人们在各种谈判过程中马到成功。

快速阅读 1

生意即谈判

生意即谈判。谈判无处不在，渗透在购买、销售、与供应商签合同、确定员工薪酬等多种情况中。而且，你还得和监管、银行、保险公司等进行谈判。这就意味着在整个业务生涯中会一直与其他维护各自利益的人进行谈判。

不同利益的存在不代表你就得与每个人交涉。通常你只需利用权威而不是去协商。并且许多商务事宜都会由合同来约束。制订合同就是用来避免争议和由此所致的任何谈判。若有一份好合同在手就按其执行，无需谈判。然而，有些不守信的人总是要求谈判，因为他们不想去履行义务。比如，买家要求延迟付款，卖家要求延迟供货，员工要求加薪或是其他远远超过合同原先所规定的好处。所有这些在书面合同上落实的情况是没有协商余地的。直接拒绝。

做好谈判的准备是极为必要的。针对一份文件进行谈判通常复杂而琐碎，你最好先去咨询专家。这是谈判准备过程中最佳且更经济的方式。仔细研究材料。做好笔记。不要仅仅依赖于你的记忆。构建头脑地图。细心检查文件的优劣势。讲求事实。不要感情用事，将自己置身事外。此外，想象一下你的对手能够看到文件，对方在哪些主要观点上会妥协，然后做好记录。你的软肋是什么？能改进吗？可以隐藏吗？这些都是你要面临的问题。当然，你是不会知道对方的资料的，使用谍报手段除外。但是你可以远程审阅。深入分析一下他们曾经发给你的信函。仔细观察信件的措辞，以及不同信件里这些措辞或理由是怎么变化的。这么做会让你更好地察觉到对方的强项和弱点。熟知本方状况，感知对手情形后，你就可以做策略规划了。

策略规划决定了目标和达成目标的方案。你的目标就是赢得这场交易。尽管在某些方面你可能会处于下风，你也要坚持，你的目标就是取胜，否则你只会成为输家。有限的成果符合共同利益。人们称其为双赢原则。制订计划要以实现双赢为依据，还必须以书面文字的形式做出明确规定。你可以将收益最小化：这是你的底线。你也得把这一点落实到书面上。

假如谈判失败会发生什么呢？你必须有清晰的 BATNA——协议最佳替换方案。你得仔细检查这份替换方案。当然，比起你的底线，替换方案将会使你获得更低一些的收益。如果你有一份很好的替代方案，即便谈判失败，你也不会遭受很大损失。所以，你可以提升底线。相反地，假如你的替换方案很糟糕，你就只能降低底线。你还要以同样的方式去评估对手的协议最佳替换方案。

快速阅读 2

法国人的谈判风格

法国的商业文化自成一体。受来自北欧的日尔曼民族和南方的拉丁种族的共同影响，法国人的谈判风格在世界上是独一无二的。

例如，法国人是重视关系的，但同时他们又是奉行个人主义的国家。此外，尽管他们不喜欢过于直接的提出自己的观点，但又很容易发生争执，并且在谈判的过程中，如果他们有不同意见，他们会坦率的提出。再有，尽管"平等主义"一词来自于法语，但是法国仍然是欧洲国家当中社会等级制度最为明显的国家。换句话说，法国的商业管理者是注重关系的，语言带有丰富内涵，同时又非常重视社会地位，法国的商业文化的确是不同寻常的，是各种文化特色的组合。当然，没有任何两个谈判者处理问题的风格是完全一样的，下面的一些对法国人的剖析会对你谈判有一定的作用。

商务语言。尽管许多商业人士英语水平都比较高，但是法国的商务语言一定是法语。当然，外国的购买者也可以使用英语或是德语，出口商人通常是讲法语的。巴黎人听到别人讲一口蹩脚的法语的时候会感到非常不舒服。相应的，书面的材料也都应该用法语书写，关于你的产品的关键性资料也应该被翻译成法语。在巴黎或是里昂，很容易找到好的翻译，但是那些不会讲法语的商人会发现他们自己处在不利的境地。尽管当地人会听出来你的法语并不标准，你也要努力说法语。一旦你讲法语，即使会犯一些语法错误或者带有外国口音也没有关系，当地人会更加信任你。

交流风格。法国人的语言交流和非语言交流都比较常见。他们喜欢争论，经常在商务会见过程中进行热烈的讨论。来自东亚的那些不习惯于面对面讨论的国家的谈判者不要对法国人喜欢争论的行为产生误解，这种行为并不是表示敌意的。

语言交流。尽管法国人喜欢争论，但是他们并不喜欢直接表达自己的观点。他们喜欢比较微妙的、间接的语言，喜欢用笛卡尔式的逻辑、优美的措辞和大量的修辞来陈述自己的观点。这就是法国人习惯于用法语来进行谈判的原因之一：使用其他语言很难表达出法语的出色之处。

非语言交流。在朋友之间和亲戚之间，法国人相互之间的接触比较多，即使在公共场所也是如此。在巴黎和伦敦的咖啡馆里曾经进行了一项关于接触行为的比较研究，结果发现，在一个小时之内，法国的夫妻相互触摸达到一百多次，而英国的夫妻甚至没有碰过对方。

当双方会面和告别的时候都需要握手。法国人的手势比亚洲人和盎格鲁撒克逊人都要多。在法国，拇指和食指围成圈表示"零"，当拇指快速上翘的时候，表示"OK"。禁忌的姿势包括：站立和与别人说话的时候，不要把手放在口袋里，也不要把一只手握拳击打另一只手的手掌。

 练习答案

I.

1. Because human beings are living in a world full of contradictions, disputes and confrontations.

2. They must satisfy at least the following conditions:

   a) The outcome of negotiation is a result of mutual giving and taking. One-sided concession or compromise can not be called a successful negotiation.

   b) Negotiations happen due to the existence of conflicts; however, no negotiations can proceed smoothly and come to a satisfactory solution without collaboration between the participants.

   c) In spite of unequal strength and power on the side of one party, it should not be viewed as a success if the other party can not exercise the right to the result of the negotiation, which is a show of equal right of the parties. The following skills and strategies in negotiations can help people achieve success.

3. To decide which interests to be fulfilled first and which to be obtained at the cost of others.

4. Two valuable applications in negotiations: problem solving and strategic planning. Information can reveal possible solutions to the problem and prevent costly mistakes. Information can be collected from: International Organizations, Government, Service Organizations, Directions and Newsletters, On-line Service, etc. Besides that, making a market survey is another good way.

5. Its model is expressed as:

   Determine each party's interests and needs;

   Find out the other party's interests and demands;

   Offer constructive options and solutions;

   Announce success of negotiations, or

   Declare failure of negotiation or negotiations in impasse.

6. The core of it is to reach a solution beneficial to both parties by way of stressing interests and value not by way of bargaining.

II. 1. e 2. d 3. a 4. h 5. b 6. j 7. f 8. i 9. g 10. c

III.

　　然而，从一种严格且理性的角度来说，并不是所有的谈判都是成功的。成功的谈判至少要满足如下几个方面的条件：1）谈判的结果对双方来说都是互惠互利的。一方的让步或妥协都不能被称为是成功的谈判。2）谈判的发生基于双方的冲突；但没有双方的协作，谈判就不能顺利进行并取得令人满意的解决方式。3）尽管谈判双方力量和权力是不均衡的，但如果一方对谈判的结果无法实施自己相应的权利（这通常能反映双方权利是否平等），这样的谈判不能被认为是成功的。

IV.

1. You must adapt to the norms of the society you live in.

2. Great changes are in prospect in this area due to foreign investment.

3. In view of our long-standing business relations, we can consider a price reduction.

4. The more difficult the questions are, the less likely he is able to answer them.

5. These noisy conditions aren't really conducive to concentrated work.

V. Omitted

快速阅读 1

I. 1. F　2. F　3. T　4. F　5. T

II. 1. D　2. B　3. C　4. A　5. B

快速阅读 2

I.

1. It's unique in the world, because it is affected by the Germanic peoples from the Northern Europe and the South Latin races together.

2. In spite of many commercial people with relatively high standard of English, French business language is sure to be French. Of course, foreign buyers can also use English or German while exporters are often French-speaking people. Hearing people speak broken French, Parisians will surely feel very uncomfortable.

3. The French people's verbal and non-verbal communications are both quite common. They like to argue, and lively discussions are often met in the course of business.

4. They prefer the subtler, indirect language, and enjoy the use of Cartesian logic and of the beautiful expressions and lots of rhetoric to present their opinion.

5. Taboo positions include the following: Don't put your hands in the pockets when you stand up and speak with others, and don't make a fist of one hand to beat the palm of the other.

II. 1. F　2. T　3. F　4. T　5. F

第十一单元

中国的"丰田"

奇瑞一直致力于发展成为中国的"丰田",在刚刚举办的 2006 年北京车展上,奇瑞有机会跟它心目中的英雄——丰田公司直面叫板,丰田也将其划入竞争对手之列。

此次车展上,占地 3 000 平方米的 6 号展厅被分为两个区域,中间只隔一条狭窄的通道:通道一边是国内汽车制造商,另一边则是国际汽车业的巨头。奇瑞汽车销售公司的副总经理秦力洪带着自信的微笑走出奇瑞展位,说道:"与丰田共馆,你说巧合也罢有意也罢,都不重要。难得的是机会,因为做中国的'丰田'一直就是奇瑞人的目标,这次,我们可以近距离接触这个目标。"

丰田是世界上发展最快的汽车制造商,而奇瑞是中国成长速度最快的汽车制造商。秦先生坦言,得知奇瑞和丰田同处一个展厅,有压力,但更多的是激动和兴奋。"今天的奇瑞好似昨日的丰田,"他说道,"而我们也一直在研究丰田,不管是生产线的规划,制造技术,还是它如何在海外市场开疆拓土,甚至是对车展的利用与设计,我们认为丰田有很多值得我们学习的地方,同馆展出自然是一个学习的好机会。"

从奇瑞展位的布局来看,这家公司的确前景光明。1 300 平方米的展位占据了整个车展大厅大约一半的空间。展出的 10 款新车,5 款引擎及其他产品组成了本次车展的最强阵营。尽管丰田这次尽遣旗下主力车型和概念车,但奇瑞仍在展示数量上占优。奇瑞公司董事长尹同耀表示,通过这次展出,人们能够看到明天的奇瑞。如果发展顺利,数年后,奇瑞会成为众多国际汽车制造商的劲敌。但要实现这个目标还有很长一段路要走。

11 月 20 日,一条消息令整个中国汽车工业为之振奋。克莱斯勒首席执行官汤姆·拉索达宣布,克莱斯勒正与奇瑞就组建合资企业一事进行谈判,具体细节将于年底确定。拉索达称,克莱斯勒选择奇瑞成为其合作伙伴的一个主要原因是,奇瑞拥有合格的生产线。这项协议允许奇瑞为克莱斯勒公司制造道奇 B 级车和中型车。奇瑞产的道奇车主要出口西欧、墨西哥和加拿大。同一天,奇瑞也在北京宣布它将与美国江森自控有限公司合作建立合资企业,双方各占 50% 股份,在中国生产汽车内饰件和零部件。跨国合作最终会帮助奇瑞确立其国际品牌的地位,但目前仍处在发展的初期阶段。尹先生说道:"不创品牌就没有未来可言,而技术则是品牌的支撑。"

奇瑞从 2001 年 10 月第一批轿车出口叙利亚到 2005 年出口轿车 1.8 万辆，连续三年蝉联全国出口第一，奇瑞还在 38 个国家和地区建立了 41 个总经销商和 1 个海外子公司。尹先生透露，奇瑞的大规模扩展得益于其研发工作。奇瑞每年用于研发的费用在 10 亿元左右。截至 2005 年底，公司已拥有专利 432 项，其中发明专利 168 项，另外还有一大批发明专利的申请正在审核中。

据奇瑞副总经理冯武堂介绍，汽车业有"得发动机者得天下"之说。奇瑞不仅拥有国内首款完全自主知识产权的 ACTECO 引擎，其他 18 款引擎也全部达到欧洲 4 号排放标准。"现在，奇瑞开发出一种新型号仅需 18 个月。"冯先生补充道。奇瑞的确是个有进取心的竞争者。"奇瑞避免了在技术发展和市场营销方面受制于人的被动局面，"尹先生说道，"我们可以独立组织开发，生产和销售，随时满足市场需求。

秉承"造中国人买得起的好车"这一宗旨，奇瑞汽车以其价廉物美赢得了顾客的青睐。即使在 2006 年中国成品油价格两次上涨导致汽车使用成本增加的情况下，奇瑞仍在盈利。公司推行"为最省油汽车制定最合理价格"的经营理念来满足广大消费者的需求，创造了不俗的销售成绩。根据中国汽车工业协会的数据统计，2006 年的前 10 个月，奇瑞累计销售了 234 436 辆汽车，比 2005 年全年的总销量还多出 5 万辆。其中海外市场功不可没。从一月到十月，奇瑞出口了 36 835 辆汽车，位列中国汽车出口量的首位。

然而，奇瑞的利润却不像销量那么令人满意。对技术开发的巨大投入致使利润空间越来越小。2005 年，奇瑞汽车销量增长 100%，达到 18 万辆，利润却从 2004 年的 1.88 亿元下降至 9 500 万元，下降幅度高达 49%，单车利润不过 500 多元。据北京北辰亚运村汽车交易市场中心商务信息中心经理郭咏分析，这几年汽车价格和国际接轨非常快，价格下降也很快，这一两年汽车行业的利润不像以前那么多了。郭咏还认为，奇瑞的微型轿车占到了销量的 60% 以上也是令其利润微薄的原因之一。

比亚迪汽车有限公司总经理夏治冰建议，国内品牌还不够强大，即便一段时期内无法获利，国内自主品牌也要努力占领市场。就算利润很低，奇瑞也不能就此放弃市场。目前中国汽车业竞争激烈，只有做大规模才能降低成本。目前，奇瑞主要是求助于银行贷款。中国汽车技术研究中心副主任张建伟也认为，经过多年的吸收借鉴，国内汽车自主品牌在产品质量上已有明显提高，在 10 万元以下的市场上，已经确立了信任度。今年前 10 个月，自主品牌占据了国内乘用车市场 26.4% 的份额，首次超过日系、韩系、德系、美系、法系品牌，位居第一。

对于明年的市场预期，秦力洪充满了希望。他做出了一个雄心勃勃的预测——奇瑞明年的销售目标应该是在 40 万辆左右，在中国汽车销量榜上进入前三名。其中在出口方面秦力洪预计，奇瑞 2007 年出口目标 8 万辆，乐观估计超 10 万辆。他还说，"奇瑞计划出口整车 10 万辆，发动机 10 万台。"根据目前中国汽车工业协会发布的数据显示，今年的销量冠军上海通用的总销量大概在 38 万辆左右，而且至今为止，中国国内从未有一家汽车企业一年能卖出 40 万辆车。然而，国内自主品牌只有不断赚钱攫利，才能生存发展。展望未来，奇瑞在考虑扩大规模的同时也要关注获利这一底线。

快速阅读 1

柯达重组接近尾声　预计裁员 3 000 多人

北京，2 月 10 日——伊士曼柯达公司今年会削减 3 000 多个岗位，这一影像界的先锋即将结束其痛苦的转型期，成为以生产消费类影像器材和商业冲印设备为主的数码影像公司。

到今年年底，柯达公司的员工人数将减至 3 万人以下，比三年前减少了一半多。除了已经确定的 2.7 万裁员人数，柯达还于周四宣布将进一步降低薪酬以适应一系列新变化，包括一月份以 23.5 亿美元出售其医疗成像部门，以及另一项巨额投入，即本周进入由惠普公司占据主导地位的高利润喷墨打印机市场。

"我们的梦想是，到 2008 年柯达会成为我们梦寐以求的数码公司。我们正在朝着这个目标前进，" 柯达首席执行官安东尼奥·佩雷斯在年度分析师和机构投资者会议上说道，"我们会在今年完成。今年是重组的最后一年。"柯达公司曾将胶片相机推广到几乎每一个美国家庭，但在 2003 年，公司承认它的模拟设备业务的衰落趋势已经不可逆转。随后，柯达制定出一项发展策略，即在新兴的数码产品市场上投资，而这一市场早已由诸多重量级对手，如惠普、精工爱普生、佳能等公司控制。

胶片业务曾是柯达公司长达百年的摇钱树，而如今大众对胶片的需求却在不断下滑，为摆脱这一窘况，柯达大举投入将近 30 亿美元进行重组，却连续八个季度净亏损 20 亿美元。十月到十二月这一期间，公司终于盈利 1 600 万美元，这也是柯达首次从数码产品而非胶片、纸质、化学产品中获利。

"据我所知，柯达终于度过了低迷期，"巴克曼，巴克曼&里德公司的经纪人尤里西斯·耶纳斯评价道，"他们正进入利润递增的时期。一两年后，柯达公司将会呈现完全不同的面貌，由喷墨打印系统所创造的利润可能比任何人想象的都要大。"布莱顿证券公司（位于柯达总部所在地罗切斯特市的一家理财公司）总裁乔治·康伯称："柯达引入喷墨打印业务，现在看起来似乎是进入一场赌局，如果他们去尝试就会取得巨大成功。否则，他们是不会再有机会在这一重要业务上进行另一次尝试的，因为资金可不是那么容易获得的。我觉得这个项目不一定要在 2007 年奏效，但必须在 2008 年彰显成效。"

柯达周二推出了三款家用打印机，用来打印文件和照片的墨盒价格仅为其竞争对手产品价格的一半。分析者认为这必将引起一场价格大战。"我们只关注于服务顾客，"佩雷斯在一次采访中谈到，"顾客想要的是价廉物美的墨水，这样他们可以随心所欲的打印更多的文件。其他公司会做什么，老实说，我并不知道，我也不关心。"柯达最近的裁员将会带来 4 亿到 6 亿美元的额外的重组支出，2004 年以来，支出的总费用已达 36 亿到 38 亿美元。

快速阅读 2

微软公司将推出新款手机

据知情人士说，微软公司（Microsoft Corp.）计划在 4 月 12 日推出一个新的手机系列，这些手机具有社交功能，针对年轻消费者，此举旨在使微软陷入困境的手机经营策略重现生机。

一位知情人士说，这些手机将基于微软代号为"Pink"的开发项目，本月晚些时候将通过微软的合作伙伴 Verizon Wireless 在美国市场推出。电信运营商 Verizon Wireless 由美国威瑞森通迅公司（Verizon Communications Inc.）和沃达丰空中通讯公司（Vodafone Group PLC.）共同拥有。微软推出这些新手机之举进一步显示，这家公司正在更深涉足手机业务的硬件领域，以期开发出能为消费者提供更顺畅使用体验的产品。

据知情人士说，微软为基于 Pink 开发项目的新手机设计出了软件、网上服务和硬件，而日本的夏普公司（Sharp Corp.）则负责制造这些手机。微软此举是在模仿 Sidekick 手机的开发模式，这款手机由初创公司 Danger Inc.设计，通过无线通讯服务提供商 T-Mobile 售卖。Danger Inc.于 2008 年被微软收购，此后从事 Pink 项目的手机设计工作。不过，微软并未采取谷歌公司（Google Inc.）今年早些时候推出其智能手机 Nexus One 时所用的方式。这款手机由谷歌自行设计，由宏达国际电子股份有限公司（HTC Corp.）制造，并通过谷歌自己的网站直接向消费者出售。而微软则决定通过与无线通讯运营商更密切的合作来把 Pink 手机推向消费者。

微软本周一向媒体人士发出邀请，请他们出席该公司 4 月 12 日在旧金山举办的一个活动。这次活动的宣传口号是："现在正是分享的时候"。不过微软却拒绝透露此次活动的性质。微软和 Verizon Wireless 的发言人均拒绝发表评论。

微软目前需要提振其移动业务，近年来，由于微软的智能手机操作系统被苹果公司（Apple Inc.）的 iPhone 手机和使用谷歌公司 Android 操作系统的手机抢了风头，微软的这一业务受到了打击。研究公司 Comscore Inc.周一在报告中说，使用微软操作系统软件的智能手机在美国市场的占有率已从去年 11 月的 19.1%下降至今年二月的 15.1%。与此同时，使用谷歌 Android 操作系统的智能手机在美国市场的占有率却从去年 11 月的 3.8%上升至今年 2 月的 9%。Comscore 说，这段时间内苹果公司 iPhone 手机的市场占有率从25.5%略降至 25.4%。

微软目前正把宝押在其市场地位今年秋季将有更大提升上，届时第一批使用该公司新手机操作系统的，被称为 Windows Phone 7 的手机将会面市。微软在 Windows Phone 7 软件上开展合作的手机生产商，比它在 Pink 项目上合作的手机生产企业多得多，不过微软在与这些企业合作设计手机硬件方面，比以往要更加投入。据知情人士说，新 Pink 手机的操作系统软件与 Windows Phone 7 软件的元素有类似之处，但分别使用这两种操作系统的手机预计无法使用同样的应用软件。

练习答案

I.

1. The No. 6 Exhibition Hall, covering 3 000 square meters, was divided into two parts with a narrow aisle: On one side were domestic automakers, and on the other, international giants.

2. It is a rare opportunity for us, for we are always aiming at being the "Toyota" in China. This time, we've got an opportunity to be close to our goal.

3. Chrysler CEO Tom LaSorda declared that his company was negotiating with Chery to establish a joint venture, and details would be fixed by the end of this year.

4. From its first export deal to Syria in October 2001 to an export volume of 18 000 cars in 2005, Chery has ranked first for three consecutive years among Chinese car exporters

5. Owing to the large expenditures on technology development, smaller and smaller profit margins have become a difficulty for Chery.

6. Sales volume of Chery will reach 400 000 units next year, ranking third among all players in China.

II. 1. g 2. a 3. c 4. b 5. d 6. j 7. h 8. e 9. f 10. i

III.

　　秉承"为中国人制造买得起的好车"这一宗旨，奇瑞汽车以其价廉物美赢得了顾客青睐。即使在 2006 年中国原油价格两次上涨导致汽车成本增加的情况下，奇瑞仍在盈利。奇瑞公司发起了"为最省油汽车制定最合理价格"的经营理念来满足广大消费者需求，创造了不俗的销售成绩。

IV.

1. Several companies are competing with each other for striving to gain the contract.

2. The two rival politicians were brought face to face in a TV interview.

3. Our trading connection has broken off owing to a disagreement over prices.

4. Don't shrink from the thought of obstacle.

5. Think of it in terms of an investment.

V. Omitted

快速阅读 1

I. 1. T 2. T 3. F 4. F 5. T

II. 1. B　2. D　3. D　4. A　5. C

快速阅读 2

I.

1. Microsoft Corp. plans to introduce a new line of mobile phones on April 12th with social-networking capabilities aimed at young consumers, part of the technology giant's effort to turn around its struggling mobile-phone strategy.

2. Microsoft designed the software, online services and hardware for the Pink devices.

3. It sold Nexus One directly to consumers through Google's own Web site.

4. Because its operating system for smart phones was surpassed by technologies such as Apple Inc.'s iPhone and devices that run Google's Android operating system.

5. Windows Phone 7 is a new mobile-phone operating system. Microsoft is betting bigger improvement in its position that will come in the fall, when the first devices based on Windows Phone 7 will become available.

II. 1. F　2. T　3. T　4. F　5. F

第十二单元

老字号的生存之道

1972 年美国前总统尼克松第一次访华期间接受了中国政府赠送的两只大熊猫作为中美友谊的象征。而鲜为人知的是，他还把大白兔奶糖带回了美国，那正是周恩来总理送给他的特别礼物。大白兔奶糖在今天仍是全国家喻户晓的品牌。坊间流传，它是周总理在深夜工作时最爱的零食。另外，据说它还是中国举重世界冠军张国政的恋爱杀手锏。这位冠军曾经以 20 公斤重的大白兔奶糖成功获取了其女友的芳心。

大白兔奶糖久负盛名，是中国著名品牌之一。这些品牌与中国社会发展及重要历史事件有着千丝万缕的联系。中国商务部曾授予中国境内的 430 个品牌"中华老字号"荣誉称号。根据评选标准，这些品牌必须存在于 1956 年之前并且广受消费者欢迎。在世界范围内，由于其物美价廉，中国产纺织品和家电极受欢迎并且对中国的贸易顺差做出了贡献。而在中国国内市场，来自众多国际巨头厂商的竞争日益激烈，这些传统老字号正为自己的一席之地而奋力拼争。这些品牌都曾在其悠久的发展历程中经历磨难。几百年前，它们都是由某个家族或个人创办，而在 20 世纪 50 年代大多数被收为国有。经历了几十年的计划经济时代，他们又要面对市场经济环境下的激烈竞争。

现任天津老美华鞋店董事长兼总经理的房树英说："传统品牌不仅仅是产品，更重要的是代表了中国传统文化的深厚根基。"始建于 1911 年的老美华，起先是因为为 1949 年前旧中国时代的裹脚妇女们设计了特制女鞋而声名大噪。在那个年代，"三寸金莲"便是对中国妇女双脚的形象比喻。其实许多这些企业都面临着这样或那样的问题。比如说，专利权和知识产权对于这些传统品牌来讲就是非常的陌生。创办于 1651 年的中国著名剪刀品牌王麻子于 2004 年宣告破产。其企业发言人说："我们就是被那些打着王麻子名号的假冒伪劣商品给打败了"。毛主席曾经讲过，"对于王麻子、东来顺（著名火锅店）和全聚德（著名北京烤鸭店）这样的老字号，我们一定要永远的保护下去。"然而在 2004 年，有 500 多万件的王麻子剪刀的假冒产品在市场上被发现，这个数量为此品牌产量的三倍。而位于天津的中国著名包子品牌"狗不理"也面临着类似的问题。在全国范围内有上千家打着"狗不理"招牌的包子店。一位公司发言人说，他们中只有少数是得到"狗不理"特许经营的。他还说："那些未经本公司许可的假店已经极大地损害了狗不理包子的品牌形象。"

在今天的中国，每天都有新品牌出现。而那些传统品牌只对中老年人有吸引力，年轻一代对此却并不感冒。北京著名的"稻香村"糕点店前总是排满了长队，但排队的顾客大部分都是五六十岁的中老年人。年轻人则更多出现在肯德基或者必胜客里。一些老品牌常因服务差和效率低而受到指责。到天津的旅客常常会迫不及待地去品尝天下最好吃的包子，但却时常抱怨狗不理总店的服务。理所当然地认为自己是老品牌，这些想法使他们有时过于骄傲以至于忽视了顾客。

面临激烈的市场竞争，许多老字号已经开始对其品牌形象进行改革重建从而吸引新客源。八十年代最大的自行车生产商"飞鸽"在当时仅仅销售一种颜色的单速自行车。而现在，其产品种类已经相当多样化，包括了超过300种不同型号的山地越野车以满足顾客新的品味与需求。而有些老品牌也开始勇于革新，用新产品来重获生机。例如，王老吉凉茶自从三年前罐装茶饮料上市后，其销量正以每年高于40%的速度增长。作为中国南方的名品，草药茶通常为碗装并以低廉的价格在市面上销售。王老吉将配方与罐装工艺的简便结合起来。与可口可乐每罐不到2元（25美分）的价格相比，王老吉每罐售价超过3元（38美分），尽管如此，据广东食品工业联合会的一位官员称，在中国，王老吉的销量要高于可口可乐。在天津，老美华鞋的精湛工艺久负盛名，如今，老美华仍在开拓新的市场。董事长房女士表示，公司雇佣了70多位员工专为中老年顾客制作舒适低价的鞋子。

当然也有时候，传统能更胜一筹。在最近的一次中国女性消费者调查中发现，同仁堂在众多药品品牌中脱颖而出，傲视群雄。始创于1669年，同仁堂188年来一直为中国皇室提供药品及配方。而今天的同仁堂，已经摒弃了那种以老字号自居的守旧心态，推新品，开新店，其连锁药店已遍布各大购物中心。一位来自湖南长沙的著名小吃店"火宫殿"的发言人说，他们已经引进更多品种的小吃来吸引新顾客。之前，它们只有八个种类的小吃，而现在，顾客可以在店里品尝到40多种不同风格的小吃，而其销量也超过了一亿元（合一千两百万美元）。

商务部部长薄熙来曾经说过："首批'中华老字号'拥有员工十二万人，而所有的"老字号"品牌拥有员工已超过六十万人。"另外他还指出："这些品牌的长盛不衰，正是体现了中国已经开始重视品牌的塑造。"

快速阅读 1

百度的得与失

中国互联网公司百度（Baidu）收益较上年强劲增长，在中国的主要竞争对手前景未明，它的日子看来相当不错。要是中国竞争激烈的互联网市场真有那么简单就好了。在中国，现在名列前茅就意味着百度有可能比大多数其他公司损失更重。

百度在中国搜索引擎市场的头号竞争对手谷歌在中国可能已经没什么前途了。这样一来，市场份额已占到约 60% 的百度就会以更大幅度领先其他对手。百度当前无疑在将领先地位转化为优势。该公司周三宣布，去年收益较 2008 年增长 42%，第四季度业绩好于预期。

不过百度自身也面临一些挫折。电子商务就是其状况不佳的一个市场。百度购物网站"百度有啊"访问量很低，这一领域目前由阿里巴巴集团旗下的淘宝（Taobao）占绝对优势，后者攫取了 80% 以上的市场份额。这一点在未来很多年可能会是百度的致命弱点。瑞士信贷（Credit Suisse）预计中国电子商务市场迅速扩大，2009-2012 年综合年度增幅将达到 54%。随着这一市场的增长，各家公司有可能将更多广告预算花在淘宝这类网站上，这些网站的流量来自愿意花钱的消费者，而不是百度这类一般性搜索引擎。

"有啊"遭遇失败后，百度向日本公司 Rakuten 寻求帮助。两家公司将联手在未来三年投资 5 000 万美元打造一个网站，让消费者可以直接接触商家。这一合资企业的成功对百度非常重要。淘宝屏蔽了在百度上的相关搜索结果，令百度别无选择，只能打造自身的电子商务。然而尽管合资企业对于百度具有重要意义，但拥有 51% 股份的 Rakuten 似乎会掌握着其运营的决定权。

上述情况并不意味着百度将面临灾难。其在中国强劲的品牌认知度和占据优势的市场份额意味着它的短期前景一片光明。当然，新浪、搜狐和腾讯等搜索引擎方面的对手也会崛起，但它们还需要一些时间才能蚕食百度的市场份额。

百度现在春风得意，但还不到庆功的时候。

快速阅读 2

普洱茶：改变了一个小镇

普洱茶曾是中国古代帝王钟爱的一种饮品，如今全国甚至全世界的寻常百姓都可以饮用它。人们喝普洱茶不仅因为它独特的味道，而且还看重了它诸多有益健康的功效。人们购买普洱茶也是因为它具有投资价值——如同美酒一样，越陈越醇。一些昂贵的普洱茶可能已有几个世纪的历史了。

最好的普洱茶来自云南省南部的普洱镇，普洱茶也是因此镇而得名。这里居住着许多少数名族，包括哈尼族和彝族。这个边境小镇拥有产出最早的普洱茶的茶树，小镇以此为荣。大量古老的茶树相继在普洱镇被发现，最老的树龄已达 2 000 到 3 000 年。

普洱镇是茶马古道的起点，这是古代一条连接云南，四川和西藏的贸易通道。之所以称其为茶马古道，是因为马车满载茶叶从云南和四川出发沿着这条通道前往西藏去换取马匹和草药。它是古代海拔最高，最具风险性，也是最长的一条贸易通道，总长超过 5 000 公里，至今已有 2 000 多年的历史了。

普洱茶的产生纯属偶然。清朝乾隆皇帝统治期间（1711—1799），当地的茶商将未干透的茶叶压成砖状，并将其作为贡品进京献给皇上。长途跋涉，历尽艰辛后，茶商和他的队伍终于抵达京城，可是他们却吃惊地发现原本是绿色的茶砖却发酵变成了棕色。茶商预料到自己性命不保，就用"变质的"茶叶沏了一杯茶。但令他惊讶的是，茶水呈现出了美丽的红棕色并且还有种奇妙的味道。于是他将茶砖进献给皇上，皇上立刻赞不绝口。从此，此茶被称作普洱茶，成为皇室喜爱的冬日饮品。

　　皇上对普洱茶的称赞也激起了全国上下的茶商对普洱茶的热情。他们蜂拥到普洱镇，在那里开店铺，设商号去采购，包装，出运这种特殊的茶叶。据普洱镇的年册记载，普洱茶贸易在清朝道光、同治年间（1821—1874）达到高峰。普洱镇也因此成为汇集 300 多种不同贸易的商业中心，道路两侧餐馆茶室林立。茶马古道起于普洱镇，延伸出五条线路，分别是东北线，南线，西北线，东南线和西线，通往内陆和邻国。除了运输普洱茶，古道还担负了中国不同区域之间以及中国与其他国家之间文化交流的功能。

　　近几年，云南省组织了一系列推广普洱茶及其文化蕴涵的活动。其中之一就是由思茅（古代普洱镇的一部分）主办的普洱茶节。作为普洱茶的原产地以及茶叶生长加工配发中心，普洱镇蓬勃发展起来。它正在努力巩固自己"茶都"的美名，宣传独特的少数民族文化和引人入胜的风土人情，促进当地经济的发展。

 练习答案

I.

1. Former US President Richard Nixon took home some White Rabbit milk candy as a special gift from Premier Zhou Enlai.

2. 430; these brands must have been in existence before 1956 and highly popular among customers.

3. "A heritage brand is more than a product, it represents the culture of China and has deep traditional roots."

4. They were defeated by fake and inferior Wangmazi products.

5. Now it has diversified its product range to include more than 300 models of racing and mountain bikes to meet new demands and tastes.

6. Yes, I agree. There are some examples mentioned above. Such as the Flying Pigeon brand, Tongrentang etc.

II. 1. b　2. c　3. j　4. a　5. h　6. g　7. d　8. e　9. i　10. f

III.

　　在今天的中国，每天都有新品牌出现。而那些传统品牌只对中老年人有吸引力，年轻一代对此却并不感冒。北京著名的"稻香村"糕点店前总是排满了长队，但排队的顾客大部分都是五六十岁的中老年人。年轻人则更多出现在肯德基或者必胜客里。一些老品牌常因服务差和效率低而受到指责。到天津的旅客常常会迫不及待的去品尝天下最好吃的包子，但却时常抱怨狗不理总店的服务。理所当然的认为自己是老品牌，这些想法使他们有时过于骄傲以至于忽略了顾客。

IV.

1. Honesty and hard work contribute to success and happiness.

2 They complained bitterly about the injustice of the system.

3. With her at the wheel, the company began to flourish with new businesses.

4. Compared with those who are suffering, we are better off.

5. Our product is sure to win out over that of our competitors.

V. Omitted

快速阅读 1

I. 1. F　2. T　3. T　4. F　5. F

II. 1. D　2. B　3. A　4. D　5. C

快速阅读 2

I.

1. They down the brew not just for its distinctive flavor, but also for its many associated health benefits.

2. The best Pu'er tea comes from the county it takes its name from—Pu'er County—in southern Yunnan.

3. Pu'er tea was created by pure accident. During the reign of Qing Emperor Qianlong (1711-1799), a local tea merchant pressed tea leaves into bricks before they were completely dry and brought them to Beijing as an imperial tribute. When the merchant and his team arrived in the Chinese capital after a long and arduous journey, they were shocked to discover that the originally green tea bricks had fermented and turned brown. Expecting nothing but to lose his head, the merchant made a cup of tea with his "spoiled" leaves. To his surprise, the tea has a pleasant reddish-brown color, and a fantastic flavor. So he presented the tea bricks to the emperor, who was instantly impressed. Thus the tea was dubbed Pu'er tea, and became a favorite winter beverage in the imperial palace.

4. the Pu'er tea business reached its heydays during the reigns of Qing emperors Daoguang and Tongzhi (1821-1874).

5. In recent years Yunan Province has organized campaigns to promote Pu'er tea and the rich culture behind it.

II. 1. F　2. T　3. F　4. T　5. T

第十三单元

电子商务：在网上进行交易

你考虑过在网上交易或扩大贸易的范围么？在世界各地，越来越多的消费者正求助于计算机来购买种类繁多的产品或服务。原因是万维网，正如其名字所指，它是世界性的，所以在网上销售的企业可能会接触到世界上各个国家数以亿计的顾客。即使是小规模的公司，只要拥有网址，就会吸引数量与以前无法相比的顾客群。越来越多的人发现互联网有多么的国际化，它不仅可以处理相邻城市或州的订单，还可以处理相邻大陆的订单。

这给与很多卖家新的挑战，他们之前从未向海外发运过货物，或少有经验处理相关的税收、关税及海关法问题。关于如何保护买家的利益，也产生了很多问题。向海外厂商购买货物时，如果遇到问题，消费者会得到哪些保护（如果有的话）？通过网络向海外传送信用资料有多安全？订单得以交货会花费多长时间？意外税收或关税会不会例行加到价格上？

新的国际准则可以帮助解决以上或其他问题。作为经济发展与合作组织的成员国，美国与其他 28 个国家已经一起签署了新行国际准则，目标是通过共同努力确保消费者网上购物的安全性，从而培养消费者对电子商务市场的信心，不管消费者住在哪里抑或他们的贸易伙伴在哪里。

国际准则：

- 为电子商务相关企业制定自愿行为守则的准则；
- 指导政府评定有关电子商务的消费者权益保护法；
- 为消费者网上购物期待与查找的信息提供建议。

有益消费者的电子商务：

- 使用公平的商业、广告与营销做法。

企业提供给消费者的信息应当真实、准确、完整，避免提供带有误导性的或有不公平声明、遗漏或做法的信息。企业应备份所有声明，如：产品性能声明或产品到货速度声明。

- 为公司和产品或所提供服务提供准确、易懂并容易取得的信息。

它们透露顾客需要的信息，让顾客了解他们在与谁交易、购买的是什么产品。这些公司登有公司的名称、实际地址，包括国家名、电子邮件地址或出现问题时顾客可以使用的电话号码。它们还提供相关产品或服务的详尽清楚的说明，以免网上购物过程中出现顾客需要猜测相关信息的情形，从而减少消费者售后不满意投诉的次数。

● 就交易期限、付款方式和费用提供完整的信息。

企业向消费者完整、详细地列出交易费用（指明相关交易货币），发货期限和付款的期限、方式。适当的话，这些企业所提供信息还会包括：购买的限制或条件；产品的正确使用和安全、卫生注意事项的说明书；保证书；退票或退款政策；售后服务是否便利。如果有可能使用两种以上语言进行交易，企业应使所有重要条款条件适用每种语言。

● 确保消费者交易成交前了解其承诺购买。

这些企业采取措施保护那些仅浏览网页，进入了购买合同页而不自知的消费者。它们向消费者提供承诺购买前改变或取消订单的选择机会。它们也允许消费者保存交易记录。

● 提供易用安全的网上支付方式。

企业采取适用于销售的安全措施，以确保尽可能减少个人信息被黑客窃取的可能性。

● 保护消费者电子商务交易隐私。

企业在网站明显处张贴隐私保护政策或个人信息使用准则的声明，并且提供消费者选择个人信息的利用方式；允许消费者拒绝个人信息共享，或将个人信息用于促销活动。

● 解决消费者的投诉和问题。

企业有政策和相关程序快速公正地解决消费者的问题；不给消费者带来额外费用或造成不便。

● 采用公正、有效、易懂的自我监管政策与程序。

企业将涵盖其他贸易方式的基本保护措施延伸到了电子商务领域。协议鼓励企业与消费者代表共同努力，完善自我监管政策与程序，给于消费者需要的方式，使他们做出明智决定并解决投诉问题。

● 帮助消费者获取电子商务相关知识。

企业正在帮助建立一个有益消费者的电子商务市场。它们与政府、消费者代表合作，确保消费者在参加网上贸易时了解他们的权利与责任。

政府的角色：

国际准则也号召参与的各国政府增强消费者对电子商务市场的信心，鼓励各国政府评定消费者权益保护法，以确保其延伸到网上购物领域，并且消费者如不满意，有追索权。

国际准则还建议各国政府共同合作抵制越境欺诈行为，并帮助建立平衡商家和消费者需求与利益的电子商务的大气候。

快速阅读 1

购物？走向全球市场吧！

网上购物打开了一个充满了各种货物与服务的全球市场。只要简单地点一下鼠标，你就可以直接从荷兰订购郁金香球根，从土耳其订购到具有异国情调的香料，或从墨西哥订到手工编织的壁挂。

万维网以前所未有的方式扩张了国际市场，给予了消费者无限的选择。

但是网上购物的问题也纷至沓来，尤其在你与其他国家的卖主交易的时候。网上贴的价格是美元还是其他货币单位？卖家有无国际托运服务？订单发货需要多长时间？意料外的税金会被加到价格内么？如果出现了问题，要到哪里解决呢？

如果你到全球市场购物，联邦贸易委员会向你提供以下提示，帮助解决以上问题：

了解你的交易对象

交易前要做足功课，确认卖主是合法的商家。验明公司名称和地址，包括公司所在国家、电子邮箱和电话号码，这样，有疑问或问题时方便与其联系。考虑只与那些政策陈述清楚的商家进行贸易。

了解所要购买的货品或服务

寻找商家所供应货品或服务的准确、清楚并容易获得的信息，下订单之前，与商家联系以消除任何疑问。

了解交易涉及的期限、付款方式和费用

预先查明，你的钱都花在了什么地方。要得到一份关于交易费用的完整、详细的清单，指明相关交易货币、发货或履约期限、付款方式和期限。

查找有关购买的限制或条件的信息；正确使用产品的说明书，包括安全与卫生注意事项；产品保证书和保修单；退票、退货或退款政策；售后服务的有效性。

网上付款时注意保护自己

查找卖家网上张贴的安全政策，检查浏览器是否安全，网上传送个人和缴费信息时要加密。这样可以尽可能减少信息被黑客窃取的可能性。

注意保护个人隐私

所有卖家在你下订单时都需要你提供个人信息。只向那些尊重你隐私的商家购买产品或服务。查明商家在网上购物隐私政策，政策陈述应讲明收集何种个人信息并且将以何种方式利用这些信息，个人可以拒绝商家将其信息出售或与其他商家共享。政策陈述还应讲明个人能否更改或删除卖家已拥有的个人信息。

了解交易遭遇问题时你有何追索权

只与这样的公司交易，它们承诺让顾客满意并且会快速公正地解决消费者的问题或投诉、不会向消费者索取额外费用或给消费者造成不便。

快速阅读 2

美国圣诞节网购刷新多项购物记录

根据多家机构发布的报告，今年圣诞购物季，美国人在网上购买电子产品、珠宝甚至服装的数量创新纪录，互联网零售商渡过一个"丰收"的快乐圣诞节。

因为受到免运费优惠的增加和众多在线优惠的吸引，消费者光顾虚拟商店的时间也比以往要早。

据万事达卡旗下的 Spending Pulse 研究和分析业务副总裁马克尔·麦克纳马拉（Michael MacNamara）说，今年销量的升幅呈现良性增长，是 2010 年的一件喜事。

据 Spending Pulse 统计，目前互联网销售额占据全部零售销售额的 10% 左右，其中并不包括购买汽车和汽油。

其他调查也显示本次假日季互联网销售有大幅增长。调查消费个体购买情况的 ComScore Inc. 说，截至 12 月 19 日，在线购买量上涨 12% 至 286 亿美元。该公司不对店铺的销售情况进行调查。

今年网购群体购买的商品和所选店铺情况也有很大的变化。因为大多数人仍喜欢触摸和试穿衣，所以服装一向都被视为很难在网上打开销路。但 Spending Pulse 调查显示，今年网上服装经销商的销量却上涨了 25%。自 2007 年开始，假日期间专卖服装的网店的销量几乎翻了一倍。

Spending Pulse 调查还显示，百货商店的在线销量涨了 11%，电子产品商店销量涨了 12.2%，珠宝零售商在线销量涨了 4.5%。

据 Spending Pulse 调查，今年每日在线销售量六次突破 10 亿美元，去年仅超过三次。日销量最多的是 11 月 30 日，11 月 29 日至 12 月 5 日期间是销量较去年增幅最大的一周。

12 月第三周开始，在线假日季销售热度开始降温，因为零售商不再保证以最低价送货方式发出的包裹能在圣诞节之前送达。

但在节前最后一刻疯狂网购变得越来越受欢迎。据 IBM 旗下跟踪 500 家零售商销量的 Coremetrics 统计，与去年圣诞节前最后一个周三（也就是 12 月 23 日）相比，本周三网购人数上涨了 23.5%。

IBM Coremetrics 首席策略官约翰·斯奎尔说，整个假日季，互联网的销售一直很强劲；在购物季接近尾声的时候，百货商店和珠宝店能表现得这么好真是让人意外。

在感恩节后第一天的"黑色星期五"，网购人数增幅高大 34.5%，因为像亚马逊公司等在线购物网站全天都有限时优惠。当天总销售额为 5.96 亿美元，仅占当天所有零售商销售额 190 亿美元的很小一部分，这些商店一大早就提供大幅折扣。

Spending Pulse 的麦克纳马拉说，但是"黑色星期五"在线销量的增幅相当大，这可能反应了人们青睐的购物方式有所改变；零售商将会继续从那些不愿和拥挤人群奋战的人那里获益。

练习答案

I.

1. Even small companies with websites are attracting a client base never possible before.

2. That presents new challenges to sellers who have never shipped overseas and may have little experience with the taxes, duties and customs laws involved.

3. It also raises questions about consumer protections. When buying from an overseas vendor, what, if any, protections do consumers have if they run into problems? How safe is it to transmit credit information overseas through the Internet? How long will it take for an order to be delivered? Are unexpected taxes or duties routinely added to the price?

4. The goal is to build consumer confidence in the global electronic marketplace by working to ensure that consumers are just as safe when shopping online as when shopping offline—no matter where they live or where the company they do business with is based.

5. The guidelines also call on joining governments to take steps to push consumer confidence in the electronic marketplace. And they recommend that governments work together to fight against cross-border fraud and help establish a climate for electronic commerce that balances the needs and interests of businesses and consumers.

II. 1. h 2. g 3. a 4. b 5. f 6. c 7. e 8. d 9. j 10. i

III.

　　它们透露顾客需要的信息，让顾客了解他们在与谁交易、购买的是什么产品。这些公司登有公司的名称、实际地址，包括国家名、电子邮件地址或出现问题时顾客可以使用的电话号码。它们还提供相关产品或服务的详尽清楚的说明，以免网上购物过程中出现顾客需要猜测相关信息的情形，消费者售后不满意投诉的次数。

IV.

1. Consumers around the world are increasingly turning to their computers to buy a wide range of goods and services.

2. Companies should provide accurate, clear and easily accessible information.

3. Many people think online shopping is fast and convenient.

4. Laws should protect consumer privacy during electronic commerce sales.

5. Many governments are taking steps to push consumer confidence in the electronic marketplace.

V. Omitted

快速阅读 1

I. 1. T　2. T　3. F　4. T　5. F

II. 1. D　2. C　3. D　4. A　5. C

快速阅读 2

I.

1. Americans went online to buy electronics, jewelry and even clothing in record amounts this season.

2. The biggest sales day overall was Tuesday Nov. 30 and the biggest sales increases from a year ago occurred the week ended Dec. 5.

3. After retailers no longer guarantee that packages shipped by the cheapest methods will arrive by Christmas.

4. They pitched time-limited deals throughout the day.

5. Because it perhaps signifies changes in the way folks want to shop.

II. 1. T　2. F　3. T　4. F　5. F

第十四单元

中国对外资银行敞开大门

　　截止到 2006 年底，中国逐步对外资银行全面开放，很多海外银行已经快速地进入了中国，好充分利用中国入世的一揽子计划里所提供的这些新的契机。中国经济的发展令人瞩目，又有大量的中国人没有开办银行业务，外资银行由此看到开发这一市场的丰富机会与丰厚回报。

　　中国加入 WTO 承诺，在 2006 年底之前必须允许外国的银行进入拥有十三亿消费者的本国货币小额贷款市场。中国政府认为外资参与本地银行和银行结构调整是个双赢的选择，全力支持外国金融机构在银行业发挥更大的作用。

　　中国入世后，外资银行、合资银行和国内银行一起都得到了许可证，并且，政府许可外资在全国范围内投资外币业务。与当地银行的密切关系会帮助外资银行快速地壮大客户群并在一些细分市场内占有一席之地，例如理财、小额银行业务、信用卡、网上银行和衍生业务。

　　同时，中国希望，外资银行的存在能够有助于引进专业知识，改善中国银行业的管理。

　　在中国，对曾状况不佳的银行系统进行的一次大规模彻底检查给各大银行造成了很大压力。在 2006 年底中国金融业完全开放之前，中国政府一直积极鼓励海外投资和四大国有银行（中国银行，中国工商银行，中国建设银行，中国农业银行）上市。

　　2005 年，中国各家银行行情看涨，吸引了海外银行约 150 亿美元的投资，尤其是几大知名银行像美洲银行、汇丰控股、花旗集团和苏格兰皇家银行，它们投入了数十亿美元，争夺全球主导地位。按照中国银监会的统计，到 2005 年 9 月底为止，来自 20 个国家和地区的 69 家银行已经在中国建立了 232 个营业性实体，外资银行的资产总数达到 6 607 亿元。汇丰银行已经在中国投入超过 50 亿美元，并且其长期投入已见成效。2005 年，与中国本土银行的业务占汇丰税前利润的 70%。最近，其他海外银行，像美国摩根大通、英国巴克莱银行、美国运通公司，已经开始进入中国市场。

　　紧跟着经济的快速发展，尽管挑战仍在，中国的银行业大致保持着良好健康的发展态势。

　　中国银监会的数字表明，中国银行机构的总资产在 2006 年前三个季度飞速增长。在

2006 年 9 月底的时候，国内总资产达到 42.08 万亿元，年增长 17%，占中国金融总资产约 90%。国有商业银行总资产达到 21.95 万亿元（占银行机构总资产的 52%），年增加 14.6%。股份制商业银行的资产总数达到 6.64 万亿元，增加了 20.9%；城市商业银行总资产是 2.42 万亿元，增加了 28.5%；其他银行机构的资产为 11.08 万亿元，增加了 17.4%。银监会报道，中国银行业机构超过三万家。

按照银监会的统计，今年商业银行不良贷款的数量和比率持续下降。截止 2006 年前三个季度末，不良贷款未结余额下降到了 1.27 万亿元。不良贷款率降到了 7.3%。并且，贷款组合的稳步增长和风险管理的改善大力促进了不良贷款的下降。

2006 年第一季度中国人民银行和国家统计局联合进行的一次调查表明，与上一季度相比，65.2% 的商业银行面临贷款需求量增加的形势，而只有 7.6% 的银行表示贷款需求减少。

在中国，随外资银行继续深入中国大陆，银行业主导了兼并与收购（并购）。外资银行给自己的市场定位是，挖掘中国信用卡、理财和保险产品领域内的巨大发展潜力。

2006 年 2 月，新加坡国有投资基金淡马锡控股公司以 15.2 亿美元的价格认购了中国银行 5% 的股票。这家新加坡公司早在 2005 年 7 月，投资 14.7 亿美元认购了中国建设银行 5.1% 的股票，并且于 2005 年 1 月，购买了中国民生银行公司 4.55% 的股票。2006 年 1 月，一个外资三方公司组合（美国高盛集团、美国运通公司和德国安联公司）以 37.8 亿美元的价格买入中国工商银行 10% 的股票，形成了一个战略联盟，帮助这家中国银行进行金融改革。

根据埃森哲公司（一家管理咨询、信息技术和业务流程外包的跨国公司）所做的一个调查，亚太地区的银行对小额银行业务的未来发展前景高度乐观，近三分之二的银行预期，在未来的三到五年内，其年增长率会超过 10%。

由于这一地区人口众多，加上经济增长充满活力，存款利率高，很多银行已经主动增进了多种小额贷款业务，使自己的收益方式多样化。随着收入水平的快速增长，很多新的借贷人负担得起抵押贷款、汽车贷款和信用卡，亚洲的银行正是抓住了这一机遇。为了让小额业务的顾客感到满意，很多银行提高了服务水平，从技术上加强了基础设施的建设，增强了对各个分支机构的建设，并且多了解消费者行为以增长从事小额银行业务的能力。

目前，中国正吸引着一些国际银行的兴趣，而且银行存款的不断增长为小额银行业务创造了巨大的商机，业务范围从抵押贷款到保险产品和理财。抵押贷款和汽车贷款分别占中国消费信贷的 77% 和 6%。

麦肯锡管理咨询公司认为，中国是世界发展速度最快的主要经济体收入增加了，因此，在过去的两年内，信用卡的发行量飞速增加了十三倍，达到了四千万。为了在这一具有巨大发展空间的信贷市场抢占更大市场份额，很多中国银行取消了信用卡的年费，提高信用额度，并赠送礼品。所有大陆银行都加入到了这一竞争中，有些银行与外资银行和金融公司合作，其他银行则选择孤军奋战。对银行来说，抢占市场份额是发展信用卡业务的第一步。2004 年 2 月，总部设在纽约的花旗银行与合作伙伴上海浦东发展银行开始在上海发行联名信用卡，随后将其扩展到 10 个城市。总部在深圳的招商银行目前是信用卡市场最大的赢家，2002 年以来，发行了超过五百万张双币信用卡。

2007 年，中国银行业会面临各种困难和挑战。

长远来看，国内银行应当充分意识到提高竞争力的重要性，并且要逐渐参与保险、证券和其他金融服务。新的立法将允许国内银行、保险公司和证券公司的经营业务打包，进一步拓展银行业务领域。

快速阅读 1

浦发银行获准合资经营

昨天，上海浦东发展银行宣布，已经得到中国银监会的同意，将建立一个合资基金管理公司。

上海浦东发展银行将与法国金融公司安盛（AXA SA）、上海东龙投资有限公司合作，兴建合资公司，据浦发银行向上海证交所发布的公告，浦东银行将控股 51%。

浦发银行董事会秘书沈思先生说："这个合资基金管理公司将扩大我们的服务范围，并且优化普通业务。" 他还指出，合资还需要获得中国证监会的批准。

浦发银行是第二批尝试建立基金管理公司的银行之一，去年它和中国农业银行、中国银行、中国民生银行有限公司一起提出了申请。2006 年，浦发银行公布的净利润为三十三亿五千万元，比上一年增长了 31%。

分析家说，浦发银行 2006 年中间业务收费的收入仅占总收入的 5%，而基金管理合资公司将会使这一部分收入增加。

中欧国际工商学院的赵欣舸教授说："这有助于银行提高投资收益，因此，也就增加了中间业务的收入。"

长江证券的分析师钱锟说，内地银行正在努力在贷款收入基数多样化方面赶上外国同行，产生收费收入的中间业务将是其重点。

海通证券的分析师邱志承说，与专业的基金管理公司相比，银行的优势是拥有庞大网络和客户群。

赵欣舸教授同意他们的观点，但他同时警告，由于规模大小和业务范围不同，银行与专业的基金管理公司竞争是不公平的。他说，银行可忽略基金管理公司的产品，集中精力推销自己的基金管理产品。

赵说，"尽管 2006 年在利好的基金市场并没有出现这样的问题，但在推销基金产品时，他们不可能保证平等。上海证交所基金指数 2006 年累计增加了 148.82 个百分点。

包括交通银行和建设银行在内的第一批尝试基金业务的银行，目前管理着 11 个开放式基金。

快速阅读 2

日本对中国货币政策发出警告

在 20 国集团（G20）首尔峰会召开前，日本发布了一份异常强硬的声明，呼吁韩国和中国在汇率方面"采取负责任的行动"。在汇率问题上日益紧张的局势预计将使此次峰会蒙上一层阴影。

日本首相菅直人的声明增加了对韩国的压力，即希望作为 11 月会议主办国的韩国促成有关汇率问题的讨论，尽管包括中国在内的一些国家正力求把汇率问题放在议程不重要的位置。

菅直人表示，G20 的合作不允许个别国家压低本国汇率的行为。他表示："我们希望韩国和中国遵守共同规则，采取负责任的行动。"

美国和中国政府陷入了一场日益激烈的争论中。美国呼吁人民币加快升值，而中国则怪罪美国宽松的货币政策促使破坏稳定的资金流进入了新兴市场。

周三公布的数据显示，中国第三季度新增外汇储备创新高，增长了 1 940 亿美元，增至 2.65 万亿美元，其中近半数来自在此期间的贸易顺差。

虽然菅直人指出，日本上月对汇市的干预令其难以对其他国家发表评论，但日本政府对其遏制日元上涨的努力却有不同的看法。

自 2008 年 9 月雷曼兄弟倒闭以来，日元兑美元汇率已上涨了 29%，而韩元兑美元汇率下跌了 1.2%，兑日元汇率下跌了 23%。

日本坚持，9 月份动用 250 亿美元进行汇市干预，意在遏制破坏性的市场波动，而不是为日元汇率设定一个具体的水平。

交易员们表示，韩国央行一直在积极抗击韩元升值，不过在过去三个月，韩国曾允许韩元对美元升值 8%，可能有助于韩国政府在 G20 会议时避免遭受谴责。韩国表示，其干预不是为了阻止韩元升值，而是为了抚平市场波动。

日本财务大臣野田佳彦对此提出了异议。他表示："韩国在必要时干预汇市，（而）中国从 6 月份开始转向更灵活的人民币汇率机制，但速度缓慢。"

中国外交部副部长崔天凯表示，其他国家需要进行合作，以避免一场汇率战争。崔天凯在首尔表示："我们在尽力避免汇率战争，但它需要 G20 所有成员国的努力，而不只是中国一家的努力。"

➡ 练习答案

I.

1. As it sees foreign participation in local banks and bank restructuring as a win-win option.
2. The government has been actively encouraging investment from overseas and the listing of the big four state-owned banks—Bank of China (BOC), Industrial and Commercial Bank of

China (ICBC), China Construction Bank (CCB) and Agricultural Bank of China (ABC)-on the stock market.

3. According to the CBRC, non-performing loan (NPL) volumes and rates for commercial banks continued to fall this year.

4. Foreign banks are positioning themselves to tap China's huge growth potential in the areas of credit cards, wealth management and insurance products.

5. Due to the region's vast population, combined with dynamic economic growth and high saving rates, many banks have built up their retail lending portfolios aggressively and are varying their income streams. In China, which is currently attracting the interest of global banks, the growth in bank deposits creates huge opportunities for retail banking.

II. 1. d　2. c　3. e　4. a　5. b　6. g　7. h　8. f　9. j　10. i

III.

　　中国经济的发展令人瞩目，又有大量的中国人没有开办银行业务，外资银行由此看到开 发这一市场的丰富机会与丰厚回报。中国加入 WTO 承诺，在 2006 年底之前必须允许外国的银行进入拥有十三亿消费者的本国货币小额贷款市场。中国政府认为外资参与本地银行和银行结构调整是个双赢的选择，全力支持外国金融机构在银行业发挥更大的作用。

IV.

1. The total assets of state-owned commercial banks amounted to 21.95 trillion yuan, up 14.6 percent year on year.

2. Foreign banks can do Renminbi business in 18 cities of China.

3. With income levels rapidly rising, many new borrowers are able to afford mortgage loans, auto loans and credit cards.

4. For banks, grabbing market share is the first step in building their credit card business.

5. New laws will allow business operations of domestic banks, insurance companies and securities companies to be mixed.

V. Omitted

快速阅读 1

I. 1. T　2. F　3. F　4. F　5. T

II. 1. C　2. D　3. D　4. D　5. A

快速阅读 2

I.

1. Japan has called on the Republic of Korea and China to "act responsibly" on exchange rates.
2. China blames loose US monetary policy for propelling destabilizing fund flows into emerging markets.
3. Japan's intervention in the currency markets last month made it difficult to comment on other countries.
4. The Republic of Korea says it does not intervene to prevent the won's appreciation but to smooth market volatility.
5. It will require the effort of all the G20 members, not China alone.

II. 1. T　2. T　3. T　4. F　5. T

第十五单元

走向全球的中国知名品牌

在中国以外的地方，很少有人听说过长城、海信、康佳、厦新和熊猫这些品牌。这种状况有朝一日也许会改变，但在这一天到来之前，一些中国公司正试图走捷径，以收购知名品牌的方式让外国人感受到它们的存在。中国领导人多年来一直悄悄鼓励中国公司向海外扩展业务，收购外国资产，使其成为跨国公司，换句话说，使其在日益被沃尔玛、微软和可口可乐支配的世界中更具竞争力。

现在，中国公司似乎已心领神会。中国计算机制造商联想公司今年收购了 IBM 公司的个人电脑业务。海尔，中国最大的公司之一，同年 6 月收购了美泰公司。同一周，作为所有这些收购案中最大的一宗，一家中国国有石油巨头出价 185 亿美元，恶意收购世界上最大的石油公司之一优尼科公司。

然而，许多公司采取这样的行动，部分原因似乎是由于目前处境艰难，因为越来越多的外国品牌摆到了中国零售商的货架上。宾夕法尼亚大学沃顿商学院的管理学教授马歇尔·迈耶斯说："中国公司如今在家门口面临着外国企业的激烈竞争。它们不得不有所动作。它们不得不具备全球规模。" 现实是，虽然中国限制外国企业参与国内的竞争，20 年来中国出现的大品牌依然寥寥无几。现在，中国开始履行加入世贸组织的义务，取消部分限制，一些中国大公司被迫采取全球战略。

在完成对 IBM 个人电脑业务的收购后，在国外鲜有人知的联想公司一夜间成了继戴尔和惠普之后的世界第三大计算机制造商。另一家中国公司 TCL2004 年收购了拥有传统品牌 RCA 的法国汤姆森公司的电视机业务，从而成为世界上最大的电视机制造商。接着，中国海洋石油总公司竞购优尼科公司的举动，引发了与美国石油公司雪佛龙之间的一场华尔街式收购战。

一些专家说，不管这些交易成功与否，都象征着中国经济的腾飞和全球雄心。众达律师事务所大中华地区事务总裁黄日灿说："中国政府一直在筹划让中国最好的 100 至 150 家公司去海外谋求发展。政府希望以此为试验，看一看中国公司在面临国际竞争时表现如何。"数十家中国公司在翘首以待，它们毫不讳言自己放眼全球的雄心壮志。

国有企业长城计算机集团的发言人刘仁刚说："公司的未来目标是使'长城'成为世

界知名品牌。"手机生产商宁波波导公司的发言人有着同样的抱负："我们的未来目标是跻身世界手机三强之列。"2005 年 6 月中国商务部报告指出，虽然中国的出口产品中绝大多数是消费品，外贸名牌却屈指可数。大多数出口货物上贴的是外国商标。

为了改变这种局面，商务部号召中国公司出口自己的"名牌"商品。每个地区都要培养自己的知名品牌。这份报告指出，"我们需要培养一批拥有国际影响力的独立的知名品牌，每个行业都要有属于自己的出口知名品牌。"这一努力背后的想法很简单：效仿国外企业。

但是，日本和韩国的公司像丰田、索尼和三星花了数年时间才成功地树立起自己的国际知名品牌形象。分析人士说，中国公司没有大把时间可供挥霍，因为全球化的迅猛步伐意味着市场的得失只在转瞬之间。麦肯锡公司的中国问题专家乔·张说："中国公司除了收购外国公司外没有太多的选择。几乎没有什么公司能够再像过去那样自我发展了。如果再等 10 年或 15 年，它们只有死路一条。"

专家们说，中国公司收购知名品牌是希望掌握全球销售网络、先进的研发技术和得到认可的品牌。俄亥俄州立大学管理学教授、《中国世纪》的作者奥代德·申卡尔说："这些公司的目的是增强能力。这是一条捷径。它们没有发展所需的巨额资金。而现在，它们一下子就拥有了一个受人尊重的品牌。"

一些中国公司具有一个优势，它们作为合资企业的一方合作伙伴或者世界大公司的供货商已经很多年了，使他们得以了解制造卓越产品的过程。分析人士说，中国公司面临的最严峻问题是缺乏国际经验，市场营销和管理体系薄弱。这也是联想公司 2005 年在收购了 IBM 个人电脑业务后邀请 IBM 的经理人员留任，坐镇纽约管理整个公司的原因。

分析人士持怀疑态度，因为大部分合并都失败了。全球咨询公司毕马威（KPMG）的合伙人高铭达说："进行海外并购是非常困难的。中国公司面临同样的问题，而且也许他们的管理团队素质较低。" 但没有任何预测显示中国公司会放缓海外收购的步伐。过去的 2004 中至少有 3 家中国汽车企业试图收购英国罗弗汽车公司。事实上，2005 年 6 月，中国国有电信公司中国移动曾出价 14 亿美元竞购一家巴基斯坦电信公司，但这几乎没有引起人们注意。中国移动的竞购失败了，但它此举值得关注。

而且许多中国公司不惜重金聘用西方律师和顾问。联想求助于麦肯锡公司和威嘉律师事务所。海尔与黑石集团和贝恩资本公司合作收购美泰公司。中国公司还得到了国有银行、私人股票基金和公司专用资金的支持。例如，中海油竞购优尼科得到了中国最大国有银行中国工商银行 60 亿美元贷款的支持，还将得到来自母公司的 70 亿美元贷款，其利率大大低于市场融资成本。花旗集团亚太区企业金融暨投资银行执行长麦睿彬说："会有更多交易接踵而来。正在为海外并购寻找资金的中国公司从未有过这么多流动资产。"

分析家们说，成为低成本世界工厂不再是中国唯一的抱负。这也许是《中国企业家》最近在一篇封面文章中提出下面这一问题的原因，"中国应该收购沃尔玛吗？"

快速阅读 1

兼并与巨无霸企业的诞生

兼并，特大兼并和扩张领域的公司合并案重新成为了华尔街时尚。就在刚刚过去的几天里，几乎每一天，都有某个新的数十亿美元合并案的报道，涉及银行、医疗保健和烟草。新一轮收购案增加的背后，是更加健康的股市。2003 年伊始，股市价格增长了 15 到 20 个百分点。这使得一些公司有机会去收购那些被经济衰退削弱了实力的竞争对手。

在美国企业界，疯狂的交易——全行业合并，是美国商业活动一个较大趋势，有人称之为美国巨无霸。美国人在自己的生活里不难找到这种合并的例子。美国人所买的牛肉中，70%以上由四个肉类加工商出售，世界上只有两家公司生产商用飞机，三个批发商控制了百分之九十以上的药物分销。

尽管竞争对手少，许多专家并不担心垄断控制。东南路易斯安那大学商业教授大卫·维尔德说："在大多数情况下，会出现新的竞争者。"例如，今天只有少数杂货店供销大多数食品。然而，15 年前，一个新的竞争者沃尔玛进入了这个行业。费城彭布罗克咨询公司总裁亚当·费恩说："事实是，合并导致了令人难以置信的竞争，沃尔玛目前正在考虑在加利福尼亚州出售杂货，因此那里的零售商正在考虑如何与之竞争。

肉类加工企业也进行了合并，有些人说，这有利于消费者。贝恩咨询公司兼并和收购全球主管山姆·洛维特说："我没有看到任何证据表明，质量下降或最终价格上升，例如，厂家推出了即食和预先分装好的产品。这使得当地杂货店不再需要屠夫，为消费者降低了成本。

利哈伊大学金融副教授山姆·维佛尔说，在这种合并后的行业，竞争对手对每一步行动都小心翼翼。他当然知道这一点，因为他为赫尔希食品公司工作了 20 年。这家大糖果公司拥有 42%的市场份额，但对马尔斯公司和雀巢公司的情况仍保持密切关注。他回忆道："如果有促销或降价活动，就会有人进行详细的研究，紧接着就会出现一家紧跟一家促销或降价。"

与各银行合作的 New Ground 咨询公司的夏琳·斯特恩说，银行业巩固市场的过程中，这种现象更加多见。她预计，美洲银行，收购了弗利特银行后，会尽一切努力留住客户。她说："他们（弗利特银行客户）将会发现，交易确实划算。"例如，美洲银行不会对网上银行和网上付帐收取任何费用。弗利特银行对网上付帐每月收费 4.50 美元。韦尔斯法戈银行小额银行业务前负责人斯特恩女士说："在这个行业,顾客才有发言权。"她指出，事实上，银行业满是规避合并的例子。弗利特银行承认，收购波士顿银行结果导致其顾客不满。

"当代人力资源外包"杂志总裁杰伊·怀特黑德认为，员工在新的大型企业可能会更加努力地工作。美洲银行合并案，他估计雇员的工作量会增加百分之十一。他说："公司规模的扩大意味着工作量的大幅增加。"

快速阅读 2

工行收购美国小型经纪公司

中国最大的银行——中国工商银行——正在进军美国的经纪-自营业务。这是中国金融机构崛起于世界经济最有说服力的新迹象之一。

知情人士说，工商银行出资 1 美元收购富通证券的一级交易商服务部。富通证券由法国巴黎银行控股。知情人士说，富通证券这个部门规模不大，现有客户仅 75 家，但工行希望以它为基地扩大自己在美国市场的证券承销业务。

总部位于北京的工行是世界上市值最大的银行，由中国政府持股 70%。这家银行在国外市场开拓进取的信心已经变得越来越充足。收购富通证券这个部门还使工行绕开了美国监管机构对外资收购吸储机构的严格限制。

知情人士说，这笔交易不会使工行成为一家一级交易商，至少在短时间内不会。

虽然名气不是很响，但中资银行逐利美国增长的条件尤为充分。自金融危机爆发以来，中国四大银行中已经有包括工行在内的三家，获得了美联储允许它们在美国开设网点的批准。

原富通证券首席执行长、现为工行新部门"工行金融服务公司"首席执行长的约瑟夫·斯皮兰说，这对于工行是一个独特的机会，一个良好的切入点。工行金融服务公司为美国和欧洲的客户提供清算和融资服务，斯皮兰预计，它将每年为工行带来大约 1 500 万美元的利润。目前其资产总额为 100 亿美元。

斯皮兰拒绝就这笔收购的财务条款进行评论。

周六纽约，斯皮兰在美国华人金融协会举办的一次论坛上接受采访说，工行金融服务公司首先将着重于债券购买的清算业务，然后再考虑其他扩张机会。

近几年以来，北京一直在鼓励中资企业走出去。中国的资源和建筑公司已经大举进入新市场，但其金融机构普遍存在滞后。

在中资银行向海外扩张之际，中国市场也在缓慢向外国竞争者开放。但外国银行在中国的获利大幅下降，凸显了非中资银行在世界第二大经济体——中国面临的阻碍。

目前中资银行基本上安然无恙地走出全球金融危机，各银行高管正尝试着进入更广大的全球市场。他们希望更好地扶助中国企业，并避免将主要客户拱手让给已拥有全球网络的欧美银行。

工商银行是中资银行中最积极从事海外收购的银行，但其大致避开了众人瞩目的交易。迄今最大的交易是在 2007 年，当时工商银行投资逾 50 亿美元收购了南非标准银行的 20%股权。最近工商银行收购了泰国 ACL Bank PCL，并购入东亚银行加拿大支行的 70%股权。

练习答案

I.

1. To make themselves more competitive in a world increasingly dominated by Wal-Mart, Microsoft and Coca-Cola.

2. Japanese and the Republic of Korea's companies like Toyota, Sony and Samsung made the moves from national to global brands quite successfully, but it took years. But the rapid pace of globalization means that markets are now quickly won and lost.

3. Chinese companies don't have that much choice but to acquire overseas companies.

4. The most serious problem facing Chinese companies, analysts say, is a lack of international experience and weak marketing and management structures.

5. "Chinese companies have the same issues, and they probably have less qualified management teams."

6. The Chinese companies are also backed by state-owned banks, private equity funds and company war chests.

II. 1. d　2. g　3. a　4. b　5. f　6. e　7. c　8. j　9. h　10. i

III.

　　一些中国公司具有一个优势，它们作为合资企业的一方合作伙伴或者世界大公司的供货商已经很多年了，使他们得以了解制造卓越产品的过程。分析人士说，中国公司面临的最严峻问题是缺乏国际经验，市场营销和管理体系薄弱。这也是联想公司 2005 年在收购了 IBM 个人电脑业务后邀请 IBM 的经理人员留任，坐镇纽约管理整个公司的原因。

IV.

1. More and more foreign brands line shelves of retailers in China.

2. Experts say that whether these deals succeed or not, they are symbolic of China's rapid economic rise and its global ambitions.

3. To adjust the situation, the Ministry of Commerce called on Chinese companies to start exporting their own "famous brands".

4. Many Chinese companies are sparing no effort to hire Western lawyers and advisers.

5. Being the world's low-cost factory is no longer China's singular ambition, analysts say.

V. Omitted

快速阅读 1

I. 1. T　2. F　3. T　4. T　5. F

II. 1. B　2. C　3. D　4. D　5. B

快速阅读 2

I.

1. ICBC hopes to use it as a base to potentially expand its underwriting of securities in the US market.
2. The acquisition of the Fortis unit also allows ICBC to avoid tight US regulatory restrictions on foreign purchases of deposit-taking institutions.
3. Three of the four largest Chinese banks, including ICBC, have received approval from the Federal Reserve to open US branches.
4. The business provides clearing and financing services to clients in the US and Europe.
5. The new ICBC unit will focus on clearing bond purchases first and will later examine other expansion opportunities.

II. 1. T　2. F　3. T　4. F　5. T

第十六单元

跨国公司

什么是跨国公司？

经济学家们对如何界定跨国公司意见并不一致。跨国公司有许多层面，可以从几个方面（所有权，管理，战略和结构等）考量。富兰克林·罗特在《国际贸易与投资》一书中提出了以下几个标准。

所有权标准。有人认为，所有权是一个主要标准。一家公司只有在总部被两个或两个以上国家有效拥有时才会成为跨国公司。像壳牌公司和联合利华，由英国和荷兰的利益体控制，就是很好的例子。然而，按照所有权标准来检验，只有极少数公司才能称之为跨国公司。大多数跨国公司的所有权是单一国家的。根据不同情况，一家公司在一种情况下被认为是美国跨国公司，在另外一种情况下又被认定是外国跨国公司。这要完全视情况而定，因此，事实上，所有权并不重要。

总部管理人员的国籍组合。如果一家国际公司母公司的管理人员属于几个国家的民族，那么它就是跨国公司。通常，总部的管理人员来自总部所在国（本国）。这可能是一个暂时的现象。

经营战略。霍华德·巴尔马特（1969 年）认为，跨国公司可以推行母国为中心、东道国为中心、或世界为中心的经营政策。巴尔马特使用了民族中心，多元中心和地域中心这样一些术语。然而，因为侧重于民族，"以民族为中心"这种说法容易让人误解，尤其是当母国本身居住着许多不同的民族时，并且，当跨国企业只在一两个国外的国家运营时，"以多民族为中心"里的"多"也就失去其意义。

富兰克林·罗特（1994）认为，跨国公司应当是一家母公司，它通过其设在一些国家的分支机构从事国外生产，直接控制其分支机构的经营政策，并在生产、营销、财务和人员配置上实行跨越国界的经营战略。换句话说，跨国公司勿须对本国表示忠诚。

跨国公司对发展的影响

总体评价

跨国公司的存在和活动在发展中国家一直是有关发展政策的讨论中辩论的主题。否定结论的理论背景主要来自意识形态（例如，资本主义的扩张）。其表现出的怀疑，往往是部分基于 20 世纪 60 年代末和 70 年代初一些负面的经验，一些不端行为的例子，比如：不恰当的政治决定的影响，受剥削的工资和恶劣的社会条件。最近几年，人们认为跨国公司对发展中国家的影响是非常有利的。

由国际劳工组织（ILO）对社会条件、就业影响、技术的选择和培训方面对跨国公司和当地公司进行的比对调查，对跨国公司做出了积极肯定——当然是与当地公司比较。

对发展的积极作用

大部分跨国公司通过投资、产品、和服务，对发展中国家的经济发展做出了积极贡献。主要是通过：

- 通过正确使用它们的产品和服务把理论知识（例如在农业、卫生和工业方面）转化为实际成果；
- 提供获得现代技术和管理诀窍的机会（如研究，开发，销售，财务）；
- 投资和就业；
- 各个层次、领域的培训。

跨国公司的存在对东道国的益处，因其结构、产品范围、服务和活动领域而不同。适当调整的财政状况、可靠的法律制度、充足的基础设施和运作良好的政府都有助于加强这种潜在的积极影响，而如果没有这些，则会阻止或妨碍潜在的积极影响。

如同任何经济或社会活动，跨国公司在发展中国家也会产生利益冲突。

利益冲突

追求利润最佳化的商业企业要实现自己的各种目标，例如，投资资金取得合意的回报率、取得市场占有率、或确保具有长期竞争力，而不是支持东道国的经济和社会发展。其结果是，跨国公司和东道国当局在根本问题上会产生分歧：

保护公司研究成果的专利和相关专利的转让和许可费都可能会导致冲突，因为发展中国家更喜欢低价的仿制产品。

公司的研究政策和战略方向，也可能不符合发展中国家的利益和需求。

公司定位政策，例如，生产设施，在很大程度上取决于经济发展水平（如生产量，市场规模，提供高质量的原料和技术技能），而不是由通过当地生产某些特定商品实现自给自足这种政府需要而决定。

还有其他潜在的冲突领域，公司与公司不同，国家与国家不同。解决这样的冲突需要认真评价双方的利与益，要全面考虑公司与产品的社会和经济利益。没有放之四海而皆准的有效答案。

道德行为

在许多明显领域行为负责的企业，会减少契合社会和经济的发展政策与对发展中国家的影响间产生冲突的可能性。在这种情况下，这是对良好商业行为的最低要求。

对消费者而言，在产品质量和服务、安全性和使用信息（例如，药物的适应症和副作用）方面，工业化国家和发展中国家之间不应该有根本区别。

在安全生产和环境保护方面，世界各地都必须采用同样的目标和原则。在影响人民生命和健康的领域采用双重标准，是不受欢迎的。

如果可靠的信息来源或深入了解表明，产生问题的领域在公司的责任范围内，公司必须予以纠正，而不受制现有的规章。

在工资和社会保障政策方面，跨国公司应树立榜样。运用当地的行业标准或简单地遵守法定最低工资标准，在许多情况下，是不适合贫穷国家的社会状况的。

对在不同的法律和社会结构下运营并争取统一道德标准的跨国公司，稳妥的建议是：在发展中国家对一些敏感活动制定企业政策——无论是在市场营销、环保或其他领域。并非一切合法的事情在道义上是可以接受的。

快速阅读 1

蒙牛与 NBA 签署促销伙伴关系

昨天，内蒙古蒙牛乳业（集团）股份有限公司（蒙牛），中国领先的乳制品生产商，宣布了与美国全国篮球协会（NBA）的促销伙伴关系，其向海外扩张的步伐更进一步。

财务数字尚未公布，但蒙牛高管强调，国内业务仍为该公司的工作重点。

根据合作伙伴关系，蒙牛将有机会在 NBA 的中文网站和在中国超过 51 个电视频道转播的 NBA 节目中宣传自己。它还可以主办 NBA 中国的体育和娱乐活动，包括今年的 NBA 篮球大篷车活动。

蒙牛乳业副总裁和常温液态奶部总经理白瑛说："该伙伴关系将加速蒙牛的国际化进程。

这只是一个开端，我们将最大限度地发展合作伙伴关系，在中国之外发展全方位的合作。"他拒绝透露进一步的细节，但指出，"行动事实胜于雄辩"。

伙伴关系的洽谈开始于大约三年前，白说，一流的蒙牛成为第一个与 NBA 搭档的中国食品和饮料品牌。这个广受欢迎的 The popular world sport brand, which landed in China in 1987, has 19 partnerships of this kind here.世界体育品牌，于 1987 年在中国着陆，并且拥有了 19 个合作伙伴。

NBA 北京办事处总经理马富生先生说："NBA 主张积极的价值观，比如健康，这也正是蒙牛所提倡的，我们都致力于改善人民的生活，尤其是年轻的人的生活。"

"我相信，就像海尔和联想的例子一样，这个伙伴关系对于蒙牛在海外推广自己的品牌并进而扩大业务将是一个很大的帮助。"

去年，NBA 与中国的两个主要品牌成为合作伙伴，业内人士表示，此举将有助于其在海外推广产品。

马富生先生表示同意，他说："伙伴关系的发展潜力是相同的。"

虽然蒙牛奶制品自 1999 年起已经在国外销售，直到两年前与海外的合作伙伴签署了一系列协议后，才专注于国外市场。

去年 12 月，蒙牛乳业与法国的达能公司合作，持有合资企业百分之五十一的股份。

1 月 12 日蒙牛与马来西亚海鸥集团签订了一份为期三年的合同，对方将作蒙牛在马来西亚的独家代理，蒙牛希望能在那里占有百分之十的市场份额。

蒙牛在国内市场排名首位的同时，开始其向海外扩张的行动。自 2003 年以来，蒙牛已连续三年居于中国乳品市场龙头老大的位置，2005 年其冰淇淋居市场首位，在过去 15 个月内，在酸奶市场，蒙牛是最畅销品牌。

白说，虽然蒙牛已经进入美国和加拿大市场，但东亚和东南亚是蒙牛的目标市场。.

尽管蒙牛在同类企业中产品出口量最大，白说："海外市场所占比重仍然较小，只占销售量的百分之十，由于我国人口众多，国内市场将成为最大的市场。

快速阅读 2

中国公司买下曼哈顿金融区地标大楼

经纪人说，位于纽约曼哈顿金融区中心地段的地标式建筑——美国钞票公司大楼（American Bank Note Building），以 1 800 万美元的价格卖给了中国一个建筑公司。这是一幢五层高的花岗岩建筑，与纽约证券交易所只有一个街区之遥。

这座引人注目的、有着新古典主义风格的大楼位于布罗德街（Broad St.）70 号，这里曾经是一个生产银行票据、货币及股票凭证的公司总部所在地。一年前，一超越冥想组织将这座大楼公开出售。

这座隶属于华尔街大亨名下的大楼建筑面积 15 218 平方英尺，有数根三层高的希腊式圆柱，去年由纽约地产经纪公司——布朗·哈里斯·史蒂文斯公司——经纪人丹尼尔拉·格鲁斯巴赫放到市场上拍卖，欲以 4 500 万美元的价格出售。但上市后不到四个月的时间里，要价就有所减少。一位曾供职于地产公司霍尔斯特德物业的商业地产经纪人斯坦利·康威也开始介入这所大楼的出售。

经纪人周一在交易结束时曝光了买家的身份，这是一家中国投资和建筑公司，其支付的实际资金远低于 2 550 万美元的最后要价。

买方代表是普天寿房地产公司的经纪人詹妮弗·路，她拒绝透露买方身份。但她说，这做大楼的底层商铺将被用作买方公司的总部，而大楼上面的三套住宅将作为公司高管的公寓。

这座大楼的卖方是全球世界和平国家基金会，这个基金会由已故的超验冥想大师马赫西·马赫什·友吉建立。友吉因担当披头士（Beatles）和其他各界名流的思想信仰顾问而名扬四海。

这座大楼原本要作为华尔街高管和投资银行家进行外联活动的总部，为发展中国家的有机农场、医院和诊所的筹集资金进行宣传。

但纽约禅修课程主管珍妮特·霍夫曼表示，随着时间的推移，这座大楼成了超验冥想的一个中心，并且价格昂贵，难以经营下去。她说，全球的财务困难让这座大楼多少成了一个负担。

尽管如此，该基金会似乎还是从大楼的转售交易中赚了一笔。该基金会于 2004 年以 550 万美元买下这座大楼，当时纽约的经济仍然处于世贸中心双子座倒塌的阴霾当中。

该基金会在纽约工业发展局（Industrial Development Agency）的帮助下，借到了数百万美元，对大楼进行了翻新处理。

基金会发言人鲍勃·罗斯说，售楼的收益将再投资到基金会的各项目当中。下个月离这座大楼不远的比弗街上要新开一个冥想中心。

这座建于1908年的大楼其基建位置十分狭窄，且三面临街，当时金融机构的大楼建设都采用纪念碑式的结构，以强调其可信度。美国钞票公司1988年将这座大楼售出，随后一度被当作餐馆。

 练习答案

I.

1. Economists do not agree on how multinational companies should be defined. Multinational companies have many dimensions and can be viewed from several aspects. (ownership, management, strategy and structural, etc.)

2. Let Ss discuss the definitions referred to in this article and give their own opinions on each.

3. In recent years the impact on developing countries of multinational corporations has been judged more favorably.

4. translating theoretical knowledge into practical results by the correct use of their products and services, for example in agriculture, health and industry; providing access to modern technological and management know-how (e.g. research, development, marketing, finance); investment and employment ; training in all areas, on all levels.

5. A commercial enterprise seeking profit optimization pursues its own goals such as achieving an acceptable rate of return on invested capital, gaining market share, or ensuring its long term competitiveness, rather than supporting the host country's economic and social development objectives. The result is that corporations and host country authorities have different opinions on very fundamental issues .

II. 1. g   2. d   3. a   4. f   5. b   6. c   7. e   8. i   9. j   10. h

III.

　　一家追求利润最佳化的商业企业要实现自己的各种目标，例如，投资资金取得合意的回报率、取得市场占有率、或确保具有长期竞争力，而不是以支持东道国的经济和社会发展为目标。其结果是，跨国公司和东道国当局在非常基本的问题上会产生分歧。

IV.

1. A large number of multinational corporations prefer Turkey as headquarters for their global operations

2. Most multinationals make a positive contribution to the economic growth of developing

countries through their investments, products and services.

3. Multinational corporations and host country authorities have different opinions on very fundamental issues.

4. A corporation's research policy and its strategic direction may also not accord with the developing country's interests and needs.

5. Multinationals should set an example in their wage and social policies.

V. Omitted

快速阅读 1

I. 1. F   2. T   3. F   4. T   5. F

II. 1. B   2. C   3. A   4. D   5. B

快速阅读 2

I.

1. A Transcendental Meditation group / A foundation, Global Country of World Peace.

2. The site would be used as a headquarters for the company, while three residences above would be used as apartments for executives.

3. The founder of the seller, Global Country of World Peace.

4. It was originally intended to be a headquarters for an outreach effort targeting Wall Street executives and investment bankers to promote fund raising for organic farms, hospitals and clinics in developing countries.

5. American Bank Note sold the building in 1988, and it was subsequently used as restaurant.

II. 1. F   2. F   3. F   4. F   5. T